INK

文學叢書

291

離別賦

張輝誠◎著

謹以此書獻給
先父在天之靈
以及那個苦難
重重的時代

張輝誠全家福：父親、母親（前座由左而右）、大哥、大姊、二姊、自己（後方由左而右）。

「我讀國小時，有一回過年，父親忽要全家穿上新衣服，一起走路到褒忠郵局附近一家照相館，拍下這張全家福照片，這是唯一一張全家到齊、鄭重其事拍攝而成的全家福照片。對我而言，格外珍貴。」

目錄

序一

耿耿孺慕

——讀張輝誠的親情文集

余光中

張輝誠前後的兩本散文集：《離別賦》與《我的心肝阿母》，主題雖然貼近，風格卻十分不同，語言也形成對照。兩書富於同質性，卻又充滿互補感。以主題而言，兩書可稱「孝子文學」，不過聽來太老派了，太不夠酷。也可稱「親情書寫」，或是「孺慕告白」。以風格而言，《離別賦》寫嚴父，塑造的是唐山老家一位木匠師傅，在內戰期間被胡璉部隊徵兵入伍，歷經古寧頭之役與八二三砲戰，終於以上士排副的名義退役為榮民；其後重操土木舊業，辛苦養家，也屢經工傷，出入醫院，卒以八一高齡逝世。《我的心肝阿母》寫的是慈母，雲林蔥子寮人，祖籍西河堂，出自河南，遷台始祖林圯原為鄭成功部將，算是同安人。母親不識字，比父親小十九歲。本省女子嫁給榮民的故事（張輝誠戲稱之為「番葉仔」配「外省仔」），穿插交錯於兩本書中，雖然因背景不同而爭執不斷，但夫妻的感情卻十分深厚。

張輝誠的父子情不算和諧：不但因為父親生活辛苦，性情嚴肅，而且由於話少，更少對兒子提起自己的身世。九年前父親去世，為人子者不勝哀慟，孺慕難解，在歉咎的心情下專程去了一趟江西，像是償了亡父還鄉之願，對自己也踐了尋根之旅。更有意義的，是此行他得以親訪父執與族人，並核對黎川同鄉會同志與胡璉將軍的回憶錄，才能把父親的身世拼湊成完整的圖形。儘管如此，沉默而又低調的父親，生前仍然把自己的祖傳價值傳授了好幾種給兒子。為父的只讀過兩年書，在二十四年軍旅之餘，苦心孤詣，竟然能把中醫漢藥、三國故事、傳統書法教給了兒子。張輝誠得此濡染，實在是虎尾高中之外難得的家教，甚至日後進師大也選了國文系所，或許正是由此肇因。

也就因此，《離別賦》的文筆比較文白互補，俾可承載大陸背景、華夏文化。另一方面，《我的心肝阿母》則把場景與關懷移到台灣，尤其是北起淡水、南迄烏來的台北縣境，包括阿母百逛不厭的夜市、菜市、吃食小店、電玩場所，甚至纜車、渡輪。阿母童心未泯，遊興不淺，卻因一身多病，不能爬坡或遠足，同時內急頻仍，也不能深入山野。她目不識丁，也不會說普通話，母子之間只通台語，所以《我的心肝阿母》散文集的「語境」是十足的鄉土，尤其是阿母的口頭禪，包括「我父我母」、「滿台」、「三八囡仔」、「沒孝啦、某生耶」、「未活囉」等等。他如「不通」、「會驚」、「細漢」、「真鰲」等等，也屢屢出現。如此語境，固然臨場感十足，鄉土味到位，卻苦了香港與大陸的讀者。

《離別賦》加上《我的心肝阿母》，不但是作者雙親的「側影」與「背影」，也等於作者的半部自傳。作者寫書的目標，求真多於唯美，揚善卻未「隱惡」，超乎「為長者諱」的傳統，對讀者的態度是十分坦誠的，令我想到上一世紀中葉美國的「自白詩人」(confessional poets)。不過自白詩人比較悲沉，詩是寫了，但悲情惆悵並未得以滌淨，結果三位詩人(John Berryman, Sylvia Plath, Anne Sexton)竟都自盡。張輝誠的「自暴」在《離別賦》中雖也不無自咎自責，卻更多孺慕，不盡是怨恨。〈洗澡〉一篇，先是父為子洗，繼而子為父洗，充滿了諧趣與敬愛，感人至深。〈說書人老張〉與〈老張說三國〉兩篇，對父親也止於淡墨揶揄，但無意諷刺，採取的角度是第三人稱的側影。

《離別賦》是緬懷生前，《我的心肝阿母》是承歡膝下。樹欲靜而風不止，《離》集滿是無奈的嘆息。親雖老而子猶壯，盡孝端在眼前，《我》集卻洋溢反哺的笑聲。阿母其實不難承歡：她返老還童，好吃、好買、好玩，容易滿足；同時健忘，能淡對滄桑；又不善計算，儘管不滿兒子日奉五百，卻欣然接受隔日零用一千。另一方面，她身兼數病，行動不便，一出門就嘆「行路難」，總怪阿誠：「我會乎你害死！」多病，久病，不免常上醫院：阿母怕上醫院，正如頑童怕上學。她怕體檢、怕打針、怕治眼、怕整牙，實非聽話的病人。她平常寂寞，見到阿誠就會嘮叨起來；有時和鄰人因失言而失睦，愛兒就得硬著頭皮出面去致歉。諸如此類，不一而足。

但是這一切都難不倒今之大孝阿誠。子夏問孝，子曰色難。張輝誠一以貫之，奉行的孝道正是「孝順」。阿母未盡之食，由他接下。母子比賽飛碟，他就放水裝輸。阿母盛氣硬來，他就低調軟應。阿母凡事絮聒，他就左耳入右耳出，當作耳福，充義務聽眾。同時還做到「婆媳分住」，自然免去邊界紛爭，更無廚房引火。另一絕招，就是用上肢體語言，和阿母牽手同行，或奇兵突起，來一個「熊抱」。遇上阿母天真不拘，把餐館池中的金魚撈起，或是參觀林語堂故居竟然倦臥大師之榻，做兒子的總能處之泰然。

張輝誠說，小時母親寵愛他，現在輪到他來寵愛母親。他也坦承，對阿母的懷柔之策也並非回回奏效，但仍不失為最佳法門。由愛出發，總是大道。現代文學表現的往往是一個失愛、無愛的社會：進步的作家會強調階級鬥爭，前衛作家會強調代溝與孤絕，地域作家會強調族群對立。張輝誠的這兩本散文集，出之於人性的寬容與同情，益之以生動而幽默的筆調，洋溢著孺慕的光輝與赤忱，在人倫價值快速流失的當代，令我們讀來倍感驚喜。

這兩本書在眷村文學之外、鄉土文學之上，更拓展了當代台灣文學的天地。所謂「兩岸交流」，其實未必從解嚴開始。也許更早，從江西老兵初遇雲林村姑的那一天起，就怦然心動、沛然啟動了。

序二

情理交織的錦繡

楊昌年

一、我與輝誠

初識輝誠於師大國文研究所的課堂，知道他是資優生。這種保送英才免試入學的制度曾在九〇年代初辦過幾居，轟烈開始無疾而終，短暫的精采恍如炫目彗星掠過暗空。我所指導的一、二兩屆四女一男（第一屆的莊雅婷、董妍希，第二屆的凌性傑、林思涵、楊惠椀）表現出色，曾為我在憶念之中留下美好的風景。而今在十稔之後回顧，崔護重來，人面桃花俱杳，曩昔的事與人依舊分明，憬然赴目之餘，大有「腸斷揚州杜牧之」之慨。

輝誠曾在一次發表會中與我指導的兩個小女娃（莊、董）同場，兩員慓悍的女將把時間幾乎占光，使得他不能充分發揮。城門失火殃及池魚，使他對我這主持人也不無微詞。還好在他研作文學的過程之中，逐漸建立起我們之間的香火之緣。當他捧著三類作品（詩、散文、兒童文學）來問津時，我最初的判斷是詩作型式特別，似可發展。接下來經由他的勤力（幾乎每週都有他給我的限時專改），發現改轍散文分明更好。也以為他曾窺經、子門牆，建議他不妨由理念出發。果然這一下正打正著，作品札實可觀，參加師大文學獎，首戰大露鋒芒，囊括獎項。賡續出征校外，學生文學獎，大報文學獎等，幾乎是無役不經每戰必克，攻城略地捷報頻傳。不但已奠定他青年作家名實相副的地位，更也使得我既喜且慰。高興的是藥方沒開錯，更重要的是類同伯樂之喜，於眾多騳蹄之中識拔了這一匹千里之駒。

二、題材之源

始終相信東坡的豪語：「吾文如萬斛泉源，不擇地而出。」信然，一流作家的才情雄力，錐處囊中不得不出的龐沛江河本應如此。所以還會搜索枯竭撚斷莖鬚者：無非是少了一根筋的未能通貫；或者是自我設限走進了一條短狹的小衖；甚或竟就是無藥可救的才力之不濟。

也曾教到過一位很美麗的女作家，提醒她散文題材侷限於「異域風光」必然窄小的危機，改轍莫如就生活取材。她在懂了之後也就改了，改得很好，漸成為屢獲大獎，聲譽鵲起的青年名家。只是我仍然不免擔心，擔心她先天的古典修養不夠，源頭活水不旺，那創作之河雖曾一度奔流，其後或將在沙磧之中淡然斷失。

而輝誠可信不致如此，原曾致力過的經、子之學對他大有助益，那窖藏的芬洌氣流仍在他的心胸中縈迴鼓盪。既然作為他創作題材資源的是我華族數千年積累的文化，那是一座亘延萬里蘊藏豐厚金礦的山脈，雖千百人歷一世紀也不見得能開挖得盡的，又何況面對寶山而苦於無技可施的束手空歎。輝誠君的矢志以赴，數十年後，或仍僅是弱水三千中的一瓢之飲，而所以珍貴正在於此，他是首先通曉開礦技法的先行之人。

在這一集的篇章之中，不時漾動著他追懷彌篤的亡父之靈。這位籍隸江西黎川的漢子：木工出身，徐蚌戰後胡璉在江西徵兵時入伍，十二兵團三五三團的二等兵，南撤參與金門古寧頭之役、八二三砲戰，返台，積功升到上士排副，五十二歲退伍，二十四年軍旅戎衣封束，落腳雲林褒忠，結婚生子，憑著曩昔的手藝以模板工起家立業，培植孩子們成長。珍貴的不僅是他胼胝辛勞的庇蔭護成了輝誠君堅實的成長；亦且是他平實為人，人生智慧體悟的傳承，濡染點滴功效揮發，使得這位肖子終能不同於時下青年的空虛凡庸；更或是拜輝誠這青年難能的重倫理，緬懷真情之所賜，這位老父的肉身雖壞，屬於他最使人欽敬的明道力行的精神，卻已常留在輝誠君的篇章之中鮮活再生。

三、經、緯析評

全集是輝誠欲養不待的亡父之誄，且是以經、緯兩線交織而成的錦繡篇章。經線是情，包括有父親的經歷誌傳，父病以及父子之情；緯線是理，是他承祧乃父的人生悟得。願為分別一析：

經緯的情熱最多。由〈最初的告誡〉使我想起梁任公的〈我之為童子時〉。那位沒多大學問的母親以大恫嚇阻絕幼子的說謊，從此奠定他做人的「慎始」之基。真對！時下歐美風染，父母對子女從小就尊重、寵溺，雖然有助於自我發展，但放縱趨劣之虞也大有可慮。反思如輝誠君的這位嚴父，在他著力管束之下，養成小輩們良好的生活習慣，做個正正當當的人，豈不正就是為人父母者的期望？寬嚴鬆緊，今世的家庭教育究該何去何從？看來嚴緊愈少寬鬆愈多已是必然，而曩昔的森嚴範例輝光漸黯，弔詭如此，真不知還會不會有轉化的可能？

〈離家〉一篇類同於小說手法中的「主從錯綜」，以「門開」紀實，「門關」記往。往昔滄桑與現實病苦相間可感。結尾新居已立，而老父斯人已去，輝誠能以淡筆抒寫至痛，自是「淡極始知花更艷」的雋品不凡。筆者認為「厚」與「淡」是為我華族文學尋溯的上游，古典領域中曾經閃爍的晶華，尤望輝誠君今後賡續移來現代文學新土之上再開煌燦。

〈洗澡〉中有省籍的扞格與父親誠懇的化解。病弱的父親忍耐傷痛不願影響兒子的學業，瑣事縷縷，憶念淒梗。而由兒子侍父洗澡進展到最後的親侍入殮，果然竟就是了無起色的每況愈下，剛強的漢子也難免頹倒，為人子者，縱有熱淚橫流，又何能挽他停留須臾？

〈消失〉中記作者的童年，清寒的鄉野生活中有小小的童趣快樂，落腳異鄉者不捨血緣根屬的真切。而死亡美學的基調不改，親友名單上「歿」字的增加，與其說是鄉里人事，失根族群的逐漸凋零；毋寧說是作者對於亡父赤子愴懷的變形。

〈職業〉記事豐富而鮮活。先是雲林褒忠鄉的素描，父母經營麵攤車的艱苦。父親由五十二歲到六十八歲十六年間胼手胝足模板工的辛勞，由模板工而主廚而門衛，那是人生戰將在體力已衰之下沉重的無奈。常說「事件」在文學創作中的重要，那是屬於它「真」的感染之力。作者何其有幸，親炙到父母的坎坷，儲蓄起豐富的創作寫境。如今使用，非僅能作為對亡父的真切之誄；亦且藉此滄桑來感染讀者；甚或可以徵信的是，作者建樹起他的悲憫情懷，那正是文學創作者不可或缺的主要動力。

〈醫院史〉記述陪侍兄姊老父進出各醫院的經歷，而以父親的病史為主。由工地意外而心臟、耳瘤、氣喘、白內障、帕金森氏症、洗腎、血管阻塞腦幹出血去世。這一路行來由住到壞與病魔爭戰的節節敗退驚心動魄。而醫療機構的仁術雖可仁心未必，徵諸邇近發生的邱小妹事件，使人感覺到高收入的醫師、律師、民意代表、法官等有「術」而不「學」。那一份足能與科學相輔成的人文素養，何時才能蒙受這些菁英們的重視？

〈返鄉〉是尋根之旅的紀實，出身、成長在台灣的作者，孤身返回血緣根屬故土，代替亡父完成心願，是他以娓娓之述向父稟告。這其中有大陸的形形色色，相較之下，或能使青年作者慶幸人在台灣吧！回到江西黎川，果然是近鄉情怯。這又是我飄零族群共同的心態，不能不去，去了終不免感傷，要怪就只能怪生不逢辰，二十世紀中這一支類同於白俄的族群，屬於我們的失根飄蓬，離散苦辛，何可言宣？

〈從軍考〉是作者為父親整理出來的誌傳。戎馬半生，硝煙彈雨中親身參與了一九四九年的古寧頭之役。戰功彪炳的三五三團被選為「威武團」，來自江西的子弟兵在胡璉將軍的回憶錄中被特列為「正氣在江西」的一節。而鋒鏑餘生的張上士仍然屈沉卑秩，只能靠自己的手藝毅力血汗在退伍之後掙扎求生。老兵不死也會凋零，到如今還能看到老病無依的，真怕看到他們面對一壺濁酒時的目光淒茫，想見他們在暮色昏黃中的伶仃，有誰能記得他們血汗淋漓，守土奮戰，屏障孤島的慘烈功勳！

集中經線各篇析介已如上述，現在來談緯線各篇。所以與經線不同的是：前者是作者懷念之情的交代，予讀者的功用是感染；而後者是為作者得自承傳的菁華，予讀者們的應是省思的啟引。

相較之下，這一線的重量更大。

〈相牛〉題材特殊而寓意非凡。相牛的精、體、氣、骨、性五觀，其實正也可以用來相人。結尾的不識伯樂之歎，「沒有識人的人」顯示這位老父大有良駒伏櫪，不為世用的自傷與寂寞。

看來這位父親不但誠篤正直而且旁博，在〈相牛〉中已見他的鑑識功力，而在〈藥〉篇中復有他的醫藥知識。在他「漢藥世界」中所透露的醫道藥理，「用藥如用兵」，君臣佐使——如選鋒、後備、左右兩翼、中軍主力五軍攻守的相輔相成。有如我另一位學生徐國能在〈第九味〉文中所述的：「辣甜鹹苦酸澀腥沖」各味奇正生剋之理。是呵！飲膳、醫藥之理無非人生之理，唯通貫者始能了解。看來這位父親當得上是一位「通人」，更可貴他可是憑著自學尋來的「自得」，哪是一般囫圇吞棗得之於傳授者所能比！

〈說書人老張〉與〈老張說三國〉同是父親自學所得的會心，同時也是他自擬書中人物的感懷流露。在此常可察覺他的淳樸，如念到宋江拆讀父喪速歸的家書時：「右手遥自往胸膛捶打起來」，那是他愧為人子的真情使然。說到李逵盲母死於虎口之時的「眼淚汪汪」是他如武松一般的別兄、林沖一般的拋妻、宋江一般的離父、李逵一樣喪母的自況。誠如篇中所述：「每逢到這些情節，他的人生才彷彿從書中甦活了過來，活生生地與之哭、與之悲、與之慷慨、與之憔悴，然後他人生大半輩子萬里萍飄、多年轉蓬，隻身來台的苦悶、寂寞、辛酸和想念，才都濃濃地化在那一段又一段觸動他思鄉心弦的共鳴上，久久不散。」是呵！老張的說書是借酒澆愁，抒發的是飄零一生沉重的鄉愁與緬懷難捨的蓼莪、友于之思。

作者的認知將三國分成三段，而以孔明出山迄至秋風五丈原的中段最為精采。信然！那諸葛亮原本就是羅貫中的理想，情感一炁化三清寄託的化身（另兩位是貫中先生寄託他有志圖王領袖慾的劉備，代表他嚮往勇武義烈潛意識的關羽），是他一往情深的眷注使得三位歷史人物在書頁之中鮮活永生，贏得了後世億萬讀者的嗟歎感慨，表徵的既是僵冷歷史人物雪泥鴻爪的性行事功，同時也就是落拓江湖、有志未伸的才人作家自己。

「學書需要胸中有道義，又廣之以聖哲之學，書乃可貴，而書法之極致，就是與乾坤一氣，不是在筆畫上計較」這是〈書法〉中父親所轉述的精深庭訓。「由技入道」的人生體悟，何其高偉？何其貴重？令人欽遲。由此可見輝誠君的源承有自，以及他矢志學道的迢遙之路，發軔之始，長亭短亭站程的設計，原就是乃父乃祖曾經跋涉過的山嶺江河。

四、萬里之行

經學、子學是我華族文化中的瓌寶，士人安身立命之所依。但在今世，非但經、子的研究，履行不盛；甚且國人、士子對此不明就理而束之高閣。之所以有此誤認而視作畏途者，原因在經、子的深奧，表現的堅硬，曲高和寡，未能與現代人的習尚連結之故。

我曾與輝誠君討論過這一癥結，若使經、子的實用價值能見，能行於今日，若非

「柔化」不克為功。想想這些祖先傳留下來的，在前代多曾研究、奉行而著具成效的，若仍是塵封棄置，豈不慚愧?非不能也實不為也，豐厚遺產的使用不是不行，而是要針對現代人的特質來設計鎔舊鑄新使用的技法。若是能通道深思，以經、子理念與現代人的生活接軌，柔化硬度。增加可讀性，那一定是一條當行可行、指標在望的康莊大道。

輝誠的這本散文問世，以此紀念亡父的心願達成；在集中諸多承祧的理念，足供我現代人省思、調適，更是這集中重於緬懷、孺慕的價值所在。今後，輝誠君更大、更遠的長路業已展開，在「柔化經子，發皇今世」的壯志立定之後，就此要憑藉乃父傳承給他的誠心耐力，點點滴滴理念省悟而累積的人生智慧，一如達摩在一葦渡江之後，孤身曳杖，從此展開他悲壯的萬里之行！

盼望他的決志順利進展，更希望吾道不孤，這條路上終能由少有人行漸成絡繹。是為序。

二〇〇五年三月三日於台北

序三
說父親

龔鵬程

寫文章的人都知道：窮苦之辭易好，歡愉之言難工。同理，寫奇景異人怪事等等，看起來難，其實遠比寫家常平淡生活或周遭親友鄰人容易得多。親友中，愈遠愈疏的，愈能寫得精采，而父母、兄弟、夫妻之間則絕難寫得好。古今中外，文豪多矣，試一檢擇，便知此理。父母兄弟夫妻間，又以父親最難寫。因為母愛容易歌頌，而父親難以刻畫，是以數千年文學史中，要找幾篇談父子親情、為父親寫生的佳作，才那麼困難。

為什麼會如此，當然有許多原因。太親近的人，有太多事與我們的生命或生活糾結在一起，不易梳理，講起來也就不易拿捏分寸，不是瑣碎肉麻，就是膚廓籠統，愛憎不得其平。父親又總是不善表達感情，故子女對他通常並不了解，加上生活勞碌，往往謀食在外，子女對之其實也遠不如家中總看得見的媽媽那樣熟悉。父親對家庭的貢獻，雖然重要，但家中成員之感受卻是間接的，他賺回來的錢，轉換成媽媽燉煮的那一碗碗熱湯，才是直接的。故子女與父親的感情常有距離。家中尚且如此，父親在家庭以外的世界，自然就更不易為子女們所熟稔了。跟父親有著相同職業甚或志業者絕少，父親生活上的甘苦以及心靈上的追求，遂常成為子女們陌生的領域。可是，由於遺傳和生活間的習染，子女不可避免地有著與父親相近的脾性或思想；父親的階級、族群、職業、生活經歷、江湖恩怨，也都像他的姓氏一樣，深深烙刻在子女身上，刷也刷不掉，因此無論如何，他又是與子女關係最密切的人，子女無時不感受到他們之間具有這種親密的相似性。只不過，這種感覺細緻幽微，畢竟又是難以言詮的。整個父子關係，就是在這麼複雜的情況中生成、發展，既親密又疏隔、既近似又陌生，當然說不清也寫不好。

少數書寫父親的文章，看起來跟為旁人立傳差不多，也是刻畫性情、記錄言談，但實質上通常不是在寫「他」，而是在寫自己，是書寫者對自己重新去認識父親的一次心靈探索，要藉由書寫，滌除自己對父親不了解的罪愆之感。同時，也藉著追索父親的生命歷程，來達成對自我生命本源的探問。

這些性質，都存在於張輝誠這本書裡。這本散文集收羅了十幾篇他寫父親也寫自己的文章，在當代散文作家中，處理這麼難寫的題材，而且寫得如此又平易又深刻的，實在罕見。

輝誠與我一樣，都是「外省第二代」，父親又都是江西人，隨軍來台，旋即解甲。但他們在台灣這塊陌生土地上並沒有田可以歸耕，故只能憑勞力胼手胝足建立家園。他們都娶了本省籍的女子為妻，但台灣本土社會亦未因此而接納他、認同他，於是他們便只能漂泊在本土社會的底層和精神上的故土家鄉之間，教小孩子一些中國古文化典籍知識，講說家鄉與宗教的事蹟，遂成為他與孩子間最親密的交往。詳細的情況，輝誠都寫在這本書裡，我不用贅述。

由此便可見輝誠的敘述頗具代表性。一般我們都只注意到眷村的文學與文化，將之視為外省族群的代表，殊不知來台外省人士大多並不住在眷村，眷村才是特殊的。它的封閉性，不只區隔於本地人，與其他外省人士也形成了畛域壁壘。大部分外省來台人士既無宿舍或眷村可住，便須恃氣力掙扎著謀一技之棲，在本地人社群中存活。語言不通，又無祖產田土及人脈關係，他們的生存發展條件當然頗受限制，生活的困頓和心靈上的寂寞，益發使他們寄望於子女。看輝誠所寫的一些生活細節，例如父親教他打拳，為他講述家鄉故事，把兒子的獎狀張貼起來等等，就會想到我父親也是如此的。記憶中，許多叔叔伯伯家好像也是如此。因此，他刻畫的雖只是他父親，只是他自己與父親的關係，但所講的，其實又是這個乖離歲月、流亡時代具有普遍性的故事。

我讀這樣的故事，想起他的父親、我的父親，又想起我們這個時代，有時竟不自覺熱淚盈眶。他要我寫一短序，也不知該如何措辭，姑且就隨便講到這兒吧。

乙酉新春寫於北京清華園

新版自序

淚書

父親過世，轉眼之間，倏忽十年。

這十年之間，最大的變化就是，我有了一個小孩。有了小孩之後，我更加珍惜，當初寫出這樣一本書，清楚記住父親生前種種。因為不久之後，我也要如法泡製，父親曾教過我的東西，我也將教給我的小孩，——他的曾祖父傳給他爺爺，他爺爺再傳給我，我又傳給他，興許就在傳授過程當中，總有一天他會明白什麼叫做家教、什麼叫做家學、什麼又叫薪火相傳。

《離別賦》舊版曾在時報出版社梓行，五年版權期限到期，存書售罄，我特地將版權收回，因為想把這本書和《我的心肝阿母》併在一塊，兩書同在一家，就像父親對我阿母不離不棄、始終如一的感情。

重校這本書，對我而言是件苦差事，因為勉強校完一篇，無一例外，總要傷心掉淚一回。掉淚當下，才又想起當初也是這樣一邊掉淚，一篇接著一篇辛苦寫成。——只沒料到，過了五年，眼淚還來。

所以，這是一本用眼淚寫成的書，又用眼淚重校而成的書，如果讀者讀著讀著不小心也泫下淚來，很有可能不是因為我的文筆如何如何、故事如何如何，而是裡頭有太多我們對親人的不捨、遺憾和歉疚，當然還有更多的是疼惜、想念，與愛。

因為在愛中，眼淚顯得溫暖，顯得莊嚴。

倘若真是如此，這本小書，或許就有了一丁點的價值和意義。

舊版自序
火光

小時候，每逢過年、清明、端午和中秋，父親總會帶著我到村外大馬路旁摺紙錢，紙錢分成三堆，上頭有小石子各壓著一張紙，紙面上分別寫著「敬託　台灣省土地公轉交　江西省黎川縣土地公」、「敬託　江西省黎川縣土地公轉交　張少東、萬氏」、「先父母　張少東、萬氏親收　不孝兒張炳榮泣拜」。紙錢焚燒時，父親和我都沒說話，但是，他心裡頭的許多話彷彿都在火光中，傾訴完畢了。

我當時年紀小，體會不出當中生離死別的況味。

父親很少告訴我他的往事。我是很後來才模模糊糊拼湊出他的人生以及他那個時代。民國三十八年父親加入了國民黨軍，離開了家鄉，離開了大陸，在台、金、馬各地當了二十二年的老士官，退伍後和一個住在雲林縣蔥子寮小他十九歲的母親結婚，基於一種無可名狀的使命感生下四個小孩，然後像牛一樣的在工地裡出賣勞力討賺生活，一直到老，一直到死。在那個時代，他們那群人，能結婚的比沒結婚的幸福，有小孩的又比沒小孩的幸福，依這樣推論，父親勉強算得上幸福。

父親老死之後，落葬五指山國軍公墓，有很長很長一段時間，我非常非常想念他，經常獨自掉淚，想他在困頓環境中咬緊牙關的身影，想他在拙於表達的歲月中如何安靜地養活四個完全不能理解他的小孩。突然間，我好想再和他說說話，這時我就會到他的墳前，提著幾包冥紙，上頭寫著「敬交　先父張炳榮親收　不孝兒張輝誠泣拜」，到了之後，原先的千言萬語，全都化成了沉默，但就在火光飛揚之際，我想，父親是全懂得的。

最初的告誡

《莊子．寓言篇》開頭便說：「寓言十九，重言十七，卮言日出，和以天倪。」翻成白話就是：《莊子》一書中寓言占了十分之九，寓言中引用世人所重的言語又占了十分之七，這些語言就像酒器（卮）一樣，會因時因地而改變，日出無窮，但總和自然的道理相互吻合。這段話所謂的重言，依陸德明《經典釋文．莊子音義》一書解釋：「爲人所重的言論。」莊子書中隨處可見徵引黃帝、堯、舜、孔子、顏回的言論，都屬此類。不過，值得注意的是，莊子爲了使這些重量級人物的言論和自己的思想站在同一陣線，也就不惜說點謊，讓這些人說些他們從沒說過的話，或者乾脆直接曲解人家的本意，好附會莊子自個兒的想法。但莊子認爲這沒什麼大不了，眞話假話並不重要，重要的是這些話只要能合於自然之道就行了。

我現在回想起來，才恍然大悟，父親打從我小時候就愛講「重言」了。

我上高中之前，若不小心犯下滔天惡行，父親一定喝令我跪在電視機前，好生反省上一個鐘頭。罰跪跪姿可不是隨便做做樣子就行，父親要求腰桿必須挺直、大腿與脛骨得成九十度垂直，說穿了就好像「跪」衛兵一樣，半個時辰下來，全身無處不痲，人也差不多虛脫了。到這兒還不算結束，重頭戲才正要開始而已，父親便趁我虛脫之際，冷靜地抽出腰間純牛皮帶，把醞釀六十分鐘的怒火豁地衝出：「媽咧個屄，要你學好，不學好！」然後無情的鞭火就在咱家的小屁屁上爲之蔓延，天地同悲、風雨同泣。這時候，阿母但凡聽聞我的哀嚎，莫不像觀世音菩薩一樣聽音救苦，從各種所在位置以最快速度出現，先是試圖阻止父親暴怒的鞭火，止不住了，便乾脆抱著我一起讓父親打。父親一見阿母阻事，怒不可遏，卻又無可奈何，便氣呼呼甩落鞭子，一邊用濃厚的外省腔台語訓斥：「囝仔就是這樣呼你寵壞去！」

見識過父親鞭刑，還膽敢一錯再錯，那也眞是夠英雄的了。還好我不是，所以時時刻刻戰戰兢兢，如臨深淵，如履薄冰，走在父親爲我規範好的道路上，拒絕各種可能偏離大馬路的誘惑，因爲一不小心就會引爆鞭火地雷。儘管如此，大錯鮮犯，小錯卻不斷。不過，要是犯下小錯還好，頂多接受父親口頭申誡，並曉以大義而已。要是犯下的過錯恰好不大不小，那又得接受另一種懲罰了。

不大不小的過錯若出現在一樓，父親必責令罰站在書桌旁一幅書法前，並要求我逐字大聲朗誦，朗誦次數依犯錯情節大小而有三遍、五遍、十遍、二十遍之別。書法作品乃是朱伯廬〈治家格言〉，開頭便說：「黎明即起，洒掃庭除，要內外整潔；既昏便息，關鎖門戶，必親自檢點。一粥一飯，當思來處不易；半絲半縷，恆念物力維艱。宜未雨而綢繆，毋臨渴而掘井……」全文約有六百餘字，大聲念完一遍也需三五分鐘。有時候我念累了，想偷懶，便暗渡陳倉漏念一大段，從「自奉必須儉約，宴客切勿流連」直接三級跳跳到最後頭「見色而起淫心，報在妻女；匿怨而用暗箭，禍延子孫。家門和順，雖饔飧不繼，亦有餘歡；國課早完，即囊橐無餘，自得至樂。讀書志在聖賢，爲官心存君國。守分安命，順時聽天。爲人若此，庶乎近焉。」囫圇充數，好趕緊完工免除站罰，心裡正樂著詭計得逞，這時父親忽從木椅上緩聲說道：「重來一遍。」正所謂：偷雞不成蝕把米是也。

若過錯犯在二樓，則被罰站在祖龕邊的另一幅書法前——〈禮運大同篇〉，寫這幅作品的書家來頭不小，正是國父孫中山先生，也因如此，朗誦時父親特別要求精神昂揚，語調要簡潔清晰，態度要恭慎敬謹，姿勢要筆直中正，才算表現出對孫總理應有的尊敬。這幅書法字數不多，只有百來字，罰誦次數依倍數增加，有十遍、二十遍、三十遍之別。此幅內容念來詰屈聱牙，怪音又多，極不順口，我第一回被罰朗誦時，頭四句「大道之行也，天下爲公，選賢與能，講信修睦」才剛念完，父親立刻修正道：「是選賢與（ㄐㄩˇ）能，不是選賢與（ㄩˇ）能。」有些字我不會念，乾脆有邊讀邊，以求蒙混過關，父親耳朵靈敏得像雷達一樣，立刻糾正說：「念鰥（ㄍㄨㄢ）不念鰥（ㄓㄨㄥˋ）。」接著又糾正說：「是男有分（ㄈㄣˋ），不是男有分（ㄈㄣ）」、「是貨惡（ㄨˋ）其棄於地也，不是貨惡（ㄜˋ）其棄於地也。」念到最後四個字，父親規定一定要放慢速度，抑揚頓挫，有板有眼地舒聲朗道：「是—謂—大—同—」。

等我稍稍懂事之後，才知道〈治家格言〉一文乃專講誠意正心、修身齊家之道，〈禮運大同篇〉專論治國、平天下之法。原來父親矯正我偏差行為時，在一樓用的是內省之道，二樓則是外達之理，彷彿就在許許多多不大不小的過錯當中，藉由朗誦而潛移默化我大學之道——在明明德，在親民，在止於至善——成為一個有文化道德視野的人。不過，這還是沒見到重言的蹤跡，重言的出現得在我犯下小錯時才會從父親的嘴裡傾巢而出。

凡孩童者，有誰清晨不賴床？我當然也不好免俗，不過我賴床的歷史短得就像一場春夢，夢驚醒在一樓傳來隱約父親的叫喚聲：「輝誠，起床了！」我喔的一聲，又朦朦朧朧睡去，恍惚間聽聞父親上樓的腳步聲，轉開房門，幾道光束依稀射進，忽然棉被霍地離身，一陣寒意襲來——「啊！」一道火熱的巴掌烙在我淨白的右大腿內側，立刻浮出鮮紅掌痕，不由得我大驚失聲，痛醒，躍起，下床，匆忙換裝盥洗，這時父親便會在一旁教訓著：「孔老夫子說：『一日之計在於晨』，大好時光，都教你貪睡給糟蹋光了！」

父親把家裡的洗手台下方排水管拔掉，接以水桶貯存廢水，用以沖灌馬桶，並在馬桶中擺了兩塊磚，減少沖水時的用水量；平時在家客廳看電視，僅開小燈，讓大燈閒著，以減省電費；家裡頭各角落四處堆積或大或小的木料、瓷瓦、電器報廢品，以利拆解更換同類型的故障物品。父親經常在做這些事時還不忘對我訓誡：「孔老夫子說：『大富由天，小富由儉。』這些小東西丟了浪費，總有一天還能派上用場。」

父親如此絮叨孔老夫子的話還不過癮，更筆之於紙，貼在牆上，要我每日記誦，權充家訓。

我們全家大抵看完六點半的電視歌仔戲，便趕緊趁播報新聞時吃晚餐，餐後接著看八點檔，九點一到就必須上床睡覺。這段時間，舉凡有廣告、用餐空檔，父親莫不利用時間講些有的沒有的，最常說的一段話就是：「你以後最好當醫師，或當老師，不要像我一輩子辛苦。當醫生也好，當老師也好，都必須具備孔老夫子說的『三心』，是那三心呢？就是愛心、耐心和恆心。沒有愛心怎能將心比心地善待病人或學生呢？沒有耐心有怎能堅持好的醫療品質或教學品質呢？沒有恆心又怎能堅持自己幫濟眾人、堅守教育理想有始有終呢？」

父親老喜歡掛在嘴邊上，對著我嘮叨的另一段話，後來總算讓我找到機會給它用上。那時我剛升上褒忠國中，參加校內作文比賽，比賽題目是「反省爲修身之本」，文章一開頭我就先來上一段「名言錦句」，接著再佐以豐富古今例證，最後返本歸道以收束全文。比賽結果，幸運讓我撈到首獎。國文老師陳美玉先生看完我寫的文章，找我去談話，說：「整篇文章寫得不錯，只有剛開頭引用孔子所說的『吾日三省吾身』，解釋成早上、中午、晚上各反省一次，有點問題，這種說法你是從哪裡讀到的？」我趕緊解釋：「是我爸跟我說的。」陳老師笑著說：「令尊應該記錯了，這不是孔子說的，而是曾子說的。『吾日三省吾身』也不是每天反省三次，而是利用三件事來反省自己，原文應當是『爲人謀而不忠乎？與朋友交而不信乎？傳不習乎？』」

從此之後，我不免對父親所說的每句話都要興一興懷疑之心，又不免隨著年紀漸長，閱書增多，越來越發現父親經常把人家的話張冠李戴，穿鑿附會的解釋更是隨處可見，俯拾即是。

不過，這都減損不了父親引用重言的興致與頻率。

曾有許多回聽父親如此叨絮：「你們兄弟倆的名字都是有深意的，爲什麼你哥叫張新忠？孔老夫子說：『苟日新，日日新，又日新。』又說：『盡己之謂忠。』『新忠』就是希望你哥能盡己向善，日新又新，精進不已。」我後來聽這話，心裡頭直笑父親沒記性，就拿這日新又新的話來說，這可不是孔老夫子說的，而是《大學》裡記在盤銘上的一段話兒，再者「盡己之謂忠」看似孔老夫子親言，實則不然，這其實是朱熹解釋曾參「爲人謀而不忠乎」的一段話。父親還緊接著說：「爲什麼把你取名叫輝誠呢？這也是有深意的，輝呢，就是光輝、彰顯的意思，彰顯什麼？是要彰顯『誠』。孔老夫子說：『誠者，眞實無妄之謂。』問心無愧便能仰不愧於天，俯不怍於人。所以孔老夫子又說：『所謂誠其意者，毋自欺也。』、『唯天下至誠，爲能盡其性；能盡其性，則能盡人之性；能盡人之性，則能盡物之性；能盡物之性，則可以贊天地之化育；可以贊天地之化育，則可以與天地參矣。』你若能彰顯『誠』到極致，就能道通萬物、參贊天地化育。」這話說得過於高玄，我未必能明白，不過我倒是清楚得很，父親所引的三段話可沒一句是孔老夫子說的，這些話分別出自《大學》和《中庸》。不過我頂多在心裡嘀咕著，還不敢在他老人家面前衝撞造次，逕自還嘴說：「孔老夫子可沒說過這話！」畢竟這點禮貌，我多少還是懂得。

父親後來把他自己當兵得過的獎章全部貼在客廳牆上，精心裱褙掛在最上頭，好和底下整牆面的我的獎狀相互輝映，我在底下扶著椅腳幫父親抓穩好讓他站上去釘掛獎章時，瞥見了一張獎章開頭四字便是大大的「忠誠勳章」，一時聯想起父親給我說了那麼多大道理，說不準當初命名只是因爲從這張獎章獲得靈感罷了。

在孔老夫子的諄諄教誨之下，高中畢業後我竟意外獲得保送台灣師大國文系，還莫名其妙得到一個資優生頭銜，父親樂不可支，直說「咱們張家首位博士又近了一步」，臨上台北之前還不斷對我耳提面命：「成功的果實固然甘美，但要保持住卻是極難，孔老夫子說：『人而無恆，難矣哉！』你要切記啊！」沒錯，孔老夫子是說過這話，但這兩句卻分別出自不同篇章，「人而無恆」出自〈子路篇〉，「難矣哉」出自〈衛靈公〉或〈陽貨篇〉，父親拼湊另成一段，看似儼然，實則不然，反正父親認爲可以當作人生南箴，便無有不可。

大學指導教授是個溫文儒雅、言行相顧的老先生，起初問我爲什麼要選擇經學組，作爲資優生培育的自願選修項目，我找了一個義正辭嚴的理由回答老師：「因爲我想要掌握住中國學術的源流。」教授點點頭，深以爲慰，接著語重心長地說：「經學不只是源流，經學更是恆常、秩序、穩定之學啊。」天曉得我這樣往中文學界最冷僻的領域裡頭鑽，恐怕有不少成分是來研究分辨哪些話是孔子講的，哪些不是，好在心裡頭暗笑父親沒記性罷了。

後來在大學談了三年感情的女友最終棄我而去了，暑假回到家，終日愁雲慘霧，父親見我悶悶不樂，輾轉讓大哥問我到底發生什麼事兒，得知前因後果後，他便好意給我說了段安慰的話：「孔老夫子說：『天涯何處無芳草』，女孩子到處都有，『不患人之不己知，患不知人也。』不要怕女孩子不曉得你的優點，就怕你沒能睜大眼睛瞧見人家的好處哩。」我一聽，哭笑不得，孔老夫子眞偉大，什麼好話兒淨叫他老人家說盡了。

就在我以爲這輩子孔老夫子的話勢必永久不歇的時候，父親卻在萬芳醫院的加護病房沉沉睡去，不肯醒來，順便把孔老夫子的話一併帶進深深的眠夢當中。我望著父親的臉，淚眼婆娑，直覺我的孔老夫子就要離我而去了，諸多教誨就要離我而去了，但是我還修德無成、一無所立啊，多麼需要更多的叮嚀與告誡啊。

父親過世之後，我偶然翻讀《四書》，又是笑又是淚的，笑父親沒記性，又把孔老夫子的話東截西補，前剪後裁，給修成另一段話；淚父親用心良苦，一句又一句孔老夫子說的，給我生命多少高標可供追尋。我引著別人一段話在墳上說給父親聽：「『如果我學得了一絲一毫的好脾氣，學得了一點點待人接物的和氣，能寬恕人、體諒人——我都得感謝……』爸，這話可不是孔老夫子說的喔，不過是誰說的不要緊，重要的是，謝謝你，爸。」

過年

我們家過年氣氛很怪，簡單地說就是既熱鬧又冷清。

我讀國小時，全家都還一起住在褒忠老家，臨到過年前幾天，採辦年貨、除舊布新自不在話下。待到除夕當天，早上時父親會張貼春聯，晚上嘛，全家便圍在一塊兒吃團圓飯。我們家的廚房是把原先的後院增建起來而成，沒有經過特別整修，四壁都是水泥面，地板也是，感覺有點兒像工地，餐桌上兀自亮著一顆黃色燈泡，暖照著滿桌菜菜肉肉，我們全家就圍著餐桌吃飯，感覺上還挺熱鬧。

用完餐，全家照例一起圍看除夕特別節目，看群星恭賀、歌舞連迭，一直捱過午夜完成守歲任務，才各自解散上床睡覺。不過上床之前，父親會一直捧著黃曆研究——多年以來，他一直有個習慣，認為一年運勢好壞與否和新年來臨時頭一回的開門時辰有關——最後謀定丑時、寅時、卯時三者之一的最佳開門時刻，才肯上床就寢。

每年都是如此，當我們還正熟睡時，忽然就被樓下鐵捲門嘩啦啦拉起的聲響擾醒，然後又聽見父親來來回回準備祭品的腳步聲，最後一定會聽見一串長長鞭砲聲劃破寧靜夜空，這是父親選好的開門大吉良辰以及祭拜天地儀式，一會兒聲音止息了，我們才又矇朧朧睡去。

又睡了不知道多久，耳畔忽又響起震耳聲響，這回聲音更近，就在樓上祖廳，收音機裡強力放送，弦管齊奏，鬧熱異常，「鼕鼕鼕鼕鏘，鼕鼕鼕鼕鏘，恭喜恭喜，恭喜發大財……」我還想貪睡，趕緊把頭埋進棉被裡，把聲音隔在棉被外，又過不了多久，一陣又一陣的濃煙就薰得我不能呼吸，這是父親正在給神明、祖先燒紙錢。

沒法子，只好起床。

我先摸摸枕頭下面，把紅包給找出來——這是多年來父親奇怪舉動之一，他從不當面給紅包，而是非得要等到除夕夜，非得要當晚等我們全都睡著後才偷偷摸摸走進房裡把紅包塞放在枕頭底下，然後假裝什麼都不知情，要讓我們誤以爲紅包是從天而降。尋到紅包之後，我趕緊換穿過年前剛買的新衣褲——說到新衣褲，我難免要發發牢騷，這和後來我長大之後不愛逛街買衣服有極大關係。我們家添購的新衣服大多都在禮拜四中正路街底的流動夜市上買的，父親覺得小孩子以後還會長大，所以不能買合身的，只是一般人覺得大個兩、三號也就夠了，可父親不是，他覺得物要盡其用，衣服壽命長，以後小孩長大成人一樣可以穿，所以就特地買大上好幾號，所以我的衣服都像布袋那樣寬鬆，褲子要沒腰帶綁住就直往下墜。

這也就算了，有些衣褲等我轉大人之後穿上，還大上個好幾號，要穿出去肯定笑斷人家大牙。這也罷了，還有更讓人傷心的。當時夜市賣衣服的，還沒有流行更衣罩的設備，大家都是隨便比畫一下就好了，但父親認爲要套看看才行（套剛好的尺寸，再預先往上累加尺碼，買更大尺寸），當場叫我寬衣解帶試穿衣服。我年紀還時小也無甚所謂，但等我大到有點羞恥心的時候，父親還是叫我當場換，若是衣服還好，買內褲就慘了，當場我忸怩著老大不肯，父親還正色㚇道：「男子漢大丈夫，羞什麼羞！」然後咱家的小雞雞就在眾目睽睽之下原形畢露。（受此折辱，將來還會喜歡買衣服的應該微乎其微的了吧。）

穿好衣服，盥洗完，我就到二樓幫理祭拜事宜。收音機就在佛龕旁的書桌上，鬧哄哄地響著節慶的曲子（音樂會從早一直持續到傍晚），父親先是在主神九天玄女擺好祭品，擲筊詢問神明意見，神明滿意後便開始燒紙錢。然後更換另一批祭品祭拜祖先，擲筊、燒紙錢。然後換祭拜天地，擲筊、燒紙錢。我們就在一旁幫摺紙錢，躲避煙霧，籠罩在震耳欲聾的音樂當中。祭事完畢，撤走煮好的飯菜，留下甜糕、紅豆糕、蘿蔔糕這類乾貨——這些會一直放到元宵節，父親覺得新年過了，才肯撤下食用，不過上頭都已經長出灰黑的黴菌，分辨不出是哪一種糕了，父親便吩咐母親把外層的灰黑給切掉，再下鍋油炸，通常我都不吃，實在有點噁心。

父親在台灣孤家寡人一個，也就沒有什麼親人需要拜年什麼的，當然我們也就缺少紅包收入，倒是同住褒忠的一、兩個老鄉朋友，像中正路頭的白叔叔、後壁村的鄭六俚叔叔，都會來家裡坐坐，嗑嗑瓜子，閒聊一會兒，待要發紅包時，父親又很不識相地代爲拒絕。然後有好些次，我們全家會到馬鳴山或北港媽祖廟拜拜，但更多時候，我會一早就和家裡大人說拜拜，跟著童伴一起搭台西客運到虎尾黃金戲院或白宮戲院看賀歲大片，比方說成龍的A計畫或孫越的孫小毛歷險記等等。不過有一年，父親突發奇想，攏著全家走路到三民路的一家照相館，我們全都穿著新買的衣褲，精神昂揚地面對鏡頭，啪搭，閃光燈一響，留下珍貴的身影——這張照片我一直留在身邊，是我們全家非常珍貴的回憶。

大年初二，我們全家照例會回蔥子寮給外公和外婆拜年，說拜年是好聽其實就是回去聊聊天而已，我也不想聽大人們哈拉些什麼，總是黏著我外公和舅舅們一起跑去看熱鬧。蔥子寮有個不成文習慣，過年時總會聚在阿契婆柑仔店前賭骰子，通常一群人密密麻麻圍成一圈，圈心的地面上擺著一張大牛皮紙，上頭畫有大、小和一到六點數，莊家坐在小椅凳上，手裡拿著上下兩端各有一枚小木棍的骰子豆，用拇指和食指掐著上端木棍往碗裡立旋，然後迅速蓋上碗蓋，吆喝著大家下注。外公和舅舅們玩得不亦樂乎，但我只能在外邊看熱鬧，不敢輕舉妄動，因爲父親嚴禁我們賭博，他常說：「有再多錢也不夠你拿去賭博輸。」要讓他知道我把紅包的錢拿出來下注，回去免不了吃一頓皮帶粗飽。

初三、初四之後，感覺就和平常沒什麼兩樣，唯一不同的是，父親還讓收音機強力放送節慶音樂，響徹雲霄的音樂直要放到初五爲止。等父親關上音樂，我們家的年也差不多算結束了。

等我漸漸長大，先是大哥上台北半工半讀，靠自己賺錢讀高中，接著大姊也到台中半工半讀，然後二姊又到彰化工廠去打工，只剩我一個人在家。寂寞的人，臨到一年快終了，特別盼著兄姊們從各處返家，一起團圓過年。年節一到，父親又開始忙東忙西，忙著關門開門、忙著播放音樂、忙著焚燒紙錢。

又過了幾年，大姊、二姊陸續出嫁，以後就各自在夫家過年，不再回家團圓。除夕當晚，餐桌旁只剩大哥、我和父母四人圍吃著團圓飯，一樣是黃色燈泡暖照著菜菜肉肉，四壁仍是灰色水泥面，吃著吃著，大家也沒說什麼話，場面相當冷清，特別是大哥吃完團圓飯之後，都會跑出去和朋友們喝酒閒聊，剩我和父母一起看著一成不變的賀歲節目，完成守歲任務。

沒過幾年，父親生病故去，大哥和我也就沒再回到褒忠過年，而是各自在台北的新家過年。

父親故去的第二年，我阿母因到二姊家過節，我便同女友到她旗山家過年。女友家族人口眾多，光吃團圓飯就有十幾人，大夥兒在庭院中的大餐桌各自坐定，女友父親舉杯慶祝團圓，然後宣布開動，眾人便有滋有味地吃著郵購年菜，邊吃還邊天南地北地聊著，歡笑聲此起彼落。但我的思緒好像被這樣的歡笑聲驅趕一般，回到過往黃亮燈泡下和父母圍爐的景象，此時的歡樂和當時的冷清恰恰形成強烈對比，可是我忽然好想再回到那個冷清場景裡，再一次和父母吃著冷清的團圓飯，但父親已經過世了啊，那個冷清的場景永遠也回不去了，眞的回不去了，然後莫名而強大的悲傷自心底湧起，一發不可收拾，鼻頭一酸，眼淚就要奪眶而出，但爲顧及女友家人興致，我不能失禮流淚，還要努力擠出笑容，和大家一起慶祝著。

也就在這種別人的歡樂氣氛下，我才終於領悟到父親的用心，他或許也怕人丁單薄的我們，新年過得太冷清，所以他要隆重地準備開門大典、他要鬧哄哄地放上五天響亮的節慶音樂、他要繁瑣地祭拜神明祖先，他要躡手躡腳地偷擺紅包、他要花錢去拍難得聚在一塊兒的全家照、他要……，他要給我們的無非就是他盡其所能地在冷清氣氛中努力營造出一個熱熱鬧鬧的年，這樣的年，才是他精心準備送給我們的新年。

家書

從小到大，父親寫過幾封信給我，這些信我一直保留到今天，內容大同小異，說來說去都是一些再平常不過的事情，而我回給他老人家的信，內容也是一些再平常不過的事情，好像應酬一般，你寄信給我，我就回信，你講些客套話，我也得回些應酬語。

父親寫給我的第一封信，約莫是我讀國二時。當時我們家照例看完八點檔連續劇後，樓下就關燈了，父親和我阿母準時進一樓主臥室睡覺，我呢，就上二樓挑燈夜戰，準備隔天一大早早自修的各種小考，經常一個人讀書讀到十一、二點，等都讀完了，才起身去廁所小解，順便在走道上看看外面冷清的景象，在鄉下，通常九點以後就沒什麼人走動，街道異常冷清，除了偶爾聽到幾聲犬吠，就只剩父親從一樓傳上來已經睡熟的打呼聲。

忽然有個禮拜天下午，我在書桌上發現一張紙條，上頭寫著：

輝誠兒：

每日不宜晚睡，晚睡傷身，不可不慎。

父字

我當時只覺好笑，要能早睡我還幹嘛耗著不鑽進被窩，就是沒法子才越讀越晚嘛。不過，也不知道為什麼，我沒把紙條扔了，反倒是直接用圖釘釘在書桌前的木板隔間牆上。

我保送師大離家北上之前，偶爾會看見大哥從台北寫回來的信，內容我已經全忘了，但有幾個詞卻始終牢牢烙在腦海裡，大哥的信一開頭一定是「父母親大人膝下」，最後署名一定是「不孝兒新忠跪啓」，我對「大人膝下」和「不孝兒跪啓」這兩組詞特別有感覺，首先是父親和我阿母這種小人物怎麼可以稱作大人呢？不過膝下的感覺就挺好，彷彿可以偎在父母腳邊盡情撒嬌似的，這在我們家是不太能感受到。不孝兒就怪了，我哥還挺乖的，怎麼會說自己不孝呢？而且我哥寫信時，肯定是坐著寫，絕不可能跪著。等我學到應用文後，才知道這是書信的敬辭用語，因襲舊俗，沒什麼特別的。

待我搬進師大宿舍後不久，父親便捎來一信。

輝誠兒：

學海無涯，唯勤是岸。惰者難至，恆者必達。慎以為念，千萬千萬。

父字

父親這信的內容好像是從日曆上格言抄錄下來，八股得很。我當時胡謅些謹遵父命的應酬話，回了信，然後也模仿我哥的詞句雞皮疙瘩地寫上「父母親大人膝下」和「不孝兒輝誠跪啓」。

大學畢業後，分發至台北市信義國中教書，父親又寫來一信。

輝誠兒：

教書，必有三心。孔老夫子云，恆心，愛心，耐心是也。恆心，故能有始有終；愛心，方可感人；耐心，才不致煩躁。三者缺一不可，又要有教無類，因材施教，方為良師。切記切記。

你所寄來錢，悉數收訖。此並非我倆老花用，而是代為儲管，將來你娶妻，無後顧之憂。

天氣早晚變化，宜隨時增添衣物，善自珍攝，省我掛念。我倆老身體康泰，不必懸念。

父親從我還小時就跟我說當老師有多好，然後就認定我以後一定會當老師似的，接著便說當老師得具備什麼什麼德行才行，這個三心哲學，父親不曉得講過幾千萬遍了，這種洗腦在我年幼時多少還能唬得住我，等我上國中後，就已經洞悉父親的話問題多多，而且講來講去翻不出新把戲，聽久了，我也煩了。如今又舊話重提，我只好又胡謅些謹遵父命的應酬話，回了信，然後又模仿我哥的詞句雞皮疙瘩地寫上「父母親大人膝下」和「不孝兒輝誠跪啓」。

教書一年完，入伍服役，新訓結束後，意外抽到金門籤，同期僚袍們無不發自內心報以熱烈掌聲與歡呼，因爲外島籤又少一支了。到了金門，三遷五搬，連換好幾個單位，一個月後總算在金防部主計處塵埃落定，便趕緊寫信回家報平安，沒過多久，就收到父親回信。

輝誠兒：

外島生活簡單，恰好消憂滌慮，開展胸襟，軍事訓練亦可鍛鍊強健體魄，增進身體健康，未嘗不是好事。切記，你有今日，國家、社會栽培多矣，能為國家略效棉薄，報萬千於一二，機會亦是難得。況覆巢之下，焉有完卵，你有機會護國，宜全力以赴，遵循長官指揮，服從連上幹部，方為軍人本色。

金門天氣變化多端，宜隨時增添衣物，善自珍攝，省我掛念。我倆老身體康泰，不必懸念。

父字

這信一看就知道是個退伍老軍人寫的，開口閉口都是感激國家栽培、服從長官教訓這種制式口號教條。父親不知道，當時我在金防部主計處當差，是個人人歆羨的爽缺，非但不用站哨，還是上下班制，早上八點上班，下午四點半就各自解散娛樂去了。有一回下班後，我們一群人跑到砲指部籃球場打球，新來的少將指揮官誤以爲是麾下無所事事的軍官兵，老大不爽，就叫大家過去問話，一臉凶氣問道：「你們那個單位的？」軍法組副座回答說：「報告指揮官，金防部。」指揮官官雖大，也管不到金防部的小官小兵，抹著臉一臉無趣地走了。像這種拗倒將官的事兒，父親那種一板一眼凡事服從的老士官應該是完全無法體會的。

在金門放了第三次返台假，恰巧遇上父親住院，我忽然覺得有些東西不能沉默了，等回金門後，馬上寫封信回家，開頭的稱謂直接改成「親愛的爸、媽您們好」，結尾也改成「想念您們的小兒子輝誠謹上」。沒過多久，父親出院，回到家，立刻就回信。

輝誠兒：

來信收到，你不要寄太多錢給你母親，自己要留些錢在身上，我倆老一切用度不虞匱乏，不要操心。

冬寒已至，宜多添增衣物，善自珍攝，省我掛念。我倆老身體康泰，不必懸念。

父字

父親身體明明不好，他還要強自振作故示堅強地說自己身體康泰，還叫我不必懸念，這根本是不可能的事兒嘛！

我退伍後，大哥和我在台北租了一間公寓，把父母遷來同住。從此之後，父親便沒再給我寫過信。直到有一回，我阿母情緒失控，大鬧一場，我一氣之下就跑去朋友家住，隔天母親拜託父親打電話來，哭哭啼啼求我回去，我心腸一軟，當晚就回家了。回到家時，已經深夜，父親睡著了，客廳桌上擺有一封還沒寫完的信，歪歪斜斜地寫行字，當時父親患有帕金森氏症，手顫得厲害，字也就寫得相當潦草，有幾個字還擠成一團，幾個字反倒五馬分屍輻射開來，仔細認也認不出來寫了什麼。

□□兒：

不要和你母□計較，她個性本如此，但她□究是你的母□，你□來必要孝□她、照□

她。她雖□愛□念、□叨，但仍是一個純□、天真之人。

你安心在外想想也好，外面天□多□，宜□□衣□，善自□□，省我□念。我倆老身□康□

我看了信，眼淚就上來了。

過了幾年，父親故去之後，偶爾我會把這些信拿出來讀讀，每讀一回就掉一回淚。慢慢才漸漸體會出信裡頭那些看似應酬語的「增添衣服，善自珍攝，省我掛念。」原來都深藏著父親飽滿渾厚的愛，而「我倆老身體康泰，不必懸念」居然都摺疊著父親不讓小孩有後顧之憂而故作堅強的濃濃心意。而我從小到大讀了這幾年的書、當了這幾年的老師、經歷這幾年的人生，體會到的一點心得居然脫不開父親他老人家早先寫給我的信那些看似八股的教條：「學海無涯，唯勤是岸。惰者難至，恆者必達。」、「愛心、恆心、耐心」、「你有今日，國家、社會栽培多矣，能爲國家略效棉薄，報萬千於一二，機會亦是難得。」原來我魯莽衝撞了幾些年，完全衝不出父親的手掌心，他好像已然預先知曉了他兒子的人生南箴，早一步替他寫下錦囊——人生就是這麼回事，絕沒有華麗的文句，能有的，只是既樸素又簡單的語言，就像平淡的自家人的家書一樣。

職業

褒忠鄉熱鬧的中正路街新開了一處麵攤。麵攤車前一塊招牌也沒，只見一盒用青色紗網纏裹的木箱，裡頭放有幾團黃油麵，滾沸的熱水煙霧不斷從兩個大鍋蒸騰而上，攤車桌面上擺有幾罐調味料和一碗肉燥。坐在攤車後眼神空洞地望著空蕩蕩的街道，是一對老夫妻，那是父親和我阿母。他們後面還有三張供客人吃麵的桌椅。

麵攤車原是彭仔阿婆賣冰的冰車，父親和我阿母接手冰車重新修改一番才變成麵攤車。彭仔阿婆的家就在菜市場入口旁，可說是黃金店面，她和我阿母相熟，感情不錯，彭仔阿婆的花生田一到採收季節都是找阿母去幫忙採拔花生，如今道路重新規劃，彭仔阿婆的花生田都成了建築用地，一時間成了土財戶，和兒子女兒在中正街尾買了一棟別墅住，搬離原先居住的地方，連農閒時賣冰的攤位也荒廢了，後來就免費包讓給父親和我阿母賣麵。

菜市場只有早上才人聲鼎沸，摩肩接踵。一到下午，鄉下小鎮的街道就立刻變得冷冷清清，偶爾走過幾個人影，呼嘯過幾台摩托車。中正街的小吃攤其實已經飽和，街頭車站旁的那家老店賣滷肉飯、肉羹麵已經十幾二十幾年，中午時生意好得不得了；再過來是我國中同學父母開的一家水餃館，賣麻醬麵、水餃和各種湯品，晚餐時人山人海，門庭若市；再隔個三間店面是賣鴨肉麵線和下水湯，中午時客人也很多；再來就是父親和我阿母的新麵攤，從早到晚場面冷清得令人難堪；再過去的對面是賣魷魚羹麵的，一到晚上經常賓客滿座，生氣蓬勃。再過去是賣臭豆腐和陽春麵，這也是賣了二十幾年的老店，從傍晚營業到深夜，麵店老闆和老闆娘打營業開始就沒一刻停過下麵、下油鍋動作。

父親和我阿母麵攤乏人問津生意不好是意料中的事。平時我阿母手藝就不好，餐桌上的雞鴨魚肉菜只是煎透煮熟就直接上桌，毫無廚藝可言。至於父親的手藝，那是見仁見智，好者令人終生難忘，劣者令人徒呼奈何。好比說一到下大雨，他便要我們兄弟姊妹四人到農田裡撿蝸牛，撿來的蝸牛集中泡在大水桶裡，父親會用錐子取出蝸牛肉，再用明礬揩去蝸牛黏液，一切就緒後，便下鍋熱炒一盤紅椒蝸牛肉，那是我這輩子吃過最好吃的人間美味。不過父親其他料理，味道偏濃且水分過多，菜色也不甚雅觀。譬如說他最愛吃的一道菜，做法居然是把青菜加水下去煮得濃濃的，過濃不似湯，又不似菜，用筷子撈起時，葉菜含糊成一團，簡直就像吃羹，可又沒有羹的美味——我一直要到六俚叔來我家一起吃這道菜，露出不可思議的表情而直呼美味時，我才恍然這道菜是父親他們江西黎川的家鄉菜——但是，我感覺簡直就像在吃菜渣。

我每天傍晚從學校放學回家得經過中正路，我都盡量避開改走小路，小路的出口正巧離麵攤十餘公尺，仍可看見麵攤狀況。父親和我阿母還是那副無精打采的樣子，前後幾家小吃攤已經開始聚集許多吃晚餐的顧客，我家的麵攤車前仍是門可羅雀。我一個人先回家，進廚房煮好飯菜——我國小六年級就已經把我阿母那煎透煮熟的活兒學會，得先下廚料理一家晚餐，等著父親和阿母回家吃飯——過沒多久，父親和阿母回來了，吃飯的時候，我問阿母賣得怎樣，阿母沮喪地說：「賣歸天，才賣三碗。」父親則在一旁扒著飯，生著悶氣，不肯說話。

父親這樣生氣是有道理的。

這樣杵在麵攤前等候客人或是下麵這種細活，他肯定不習慣。擺麵攤之前，他早已習慣工地裡的粗活。那時每天一大早，我們家是不吃稀飯的，父親乾淨俐落地扒完三大碗白飯，一邊聽我說外公他們早餐都吃稀飯，他就會跟我說：「吃啥勞子稀飯，趕十點上下就餓昏頭了。」然後他配妥裝備：腰間繫上S腰帶——S腰帶前左邊有釘包，釘包裡有長鐵釘、中鋼釘和短鋼釘，右邊有一把量尺；腰帶後右側有一柄榔頭，左側有一隻虎頭鉗——戴好安全帽，取下掛在牆上的兩支一長一短的撬釘器，坐上石橋九十摩托車，嗶嗶按了兩聲喇叭，便揚長往各處工地而去。

父親到了工地，主要的工作就是釘板模。凡是要用水泥灌漿的，地基啊、樑啊、柱啊、樓地板啊、屋頂啊，都必須先用板模固型。通常工地的環境是很紊亂危險的，裡頭有很多師父，綁鋼筋的、糊水泥的、配水電的，未灌漿的樓地板到處都是蜂窩般的鐵支架和雜物，鐵釘、鉛線頭、剪斷的鋼筋，一不小心就會扎傷手腳。父親就在這種環境裡上工，他舉著長度約莫一人高重達三四十公斤的板模，飛快地行走在鐵支架之間，搭好了地基，灌好漿，乾了便拆模，卸下板模上殘存的釘子，然後又依序完成了一樓地板、樑柱、二樓、三樓、屋頂，然後這個工地蓋完後便換往另一處新的工地，這樣的生活，從他五十二歲開始一直到六十八歲結束。

六十多歲算是很老的年紀了，無論在體力上或精神上都已經不能負荷這種勞力工作，父親要到六十五歲上才出現疲態，那時仍在大太陽底下揮汗賣力工作，一整天下來，他已不似往常一樣，回到家還能勇猛無比，抽開褲帶就狠狠地教訓我「不長進，淨犯些有的沒有的過錯」。這時工作到了下午，他開始出現分神狀況，在工地裡分神是件非常危險的事，所以他從三樓的鷹架上猛的摔了下來，一路敲頭嗑腦、撞骨挫筋，砰的一聲掉落地面。有時還能勉強支撐到下班，下班途中又出了神，所以撞上電線桿、撞上牛車、自己摔車。這些情況讓父親被救護車急忙送進三仁醫院，我和阿母則焦急萬分地趕到急診室時，看見父親全身傷痕累累，臉上縫了許多針，眼睛腫得不像樣，有一次還一直吐血，我阿母心疼地放聲大哭，我則在一旁默默流眼淚，父親躺在病床上笑著安慰我和阿母說：「未死啦！不通咯哭囉。」

有很長一段時間，我和我阿母一到了天黑就開始緊張兮兮，如果還聽不見父親在大路口轉進小巷裡的家之前會習慣固定發出幾聲悠長刺耳而誇張喇叭聲，我們兩個心裡便七上八下起來，深怕又得到醫院急診室和父親見面。

父親住在醫院療傷絕不超過三天，即使醫生要他多住院觀察一個禮拜，他也不依，他心裡有一個算盤，計算著一天住院要花多少錢，一天沒工作少賺多少錢，所以出院後的隔天，他就又全副武裝上工地掙錢去了。我其實很捨不得，有一回終於鼓起勇氣告訴他說：「爸，不要再做板模了。」父親很生氣地回答：「我不做！你吃什麼！」——我那時只是一個沒用的國小六年級生，要是可以，我也願意上工地搬板模，幫父親賺錢，讓他在家裡安全著。

後來，父親終於對歲月的磨蝕舉起白旗，聽了彭仔阿婆的建議改擺麵攤。可是一個禮拜下來，生意冷清，父親心裡的算盤又逐漸緊張起來，一天要付出多少成本，一天又要減損多少收入，算著算著，漸漸地他越來越沉默。過沒幾天，他又打電話聯絡以前的工地老闆，談好工地地點，隔天又全副武裝上工去了。好景當眞不長，到了第三天，回家途中，被一輛小客車迎面撞上，我和我阿母又在急診室裡哭的哭、掉淚的掉淚，父親這才終於死了重回工地的心。

但是生活總是要過。

麵攤生意結束後，透過六俚叔介紹，父親進到六塊寮一家罐頭工廠當主廚。六俚叔原先是這裡的主廚，後來改當工廠門房守衛，把主廚的位置讓給父親。父親還在工地縱橫的時候，有一回六俚叔來家裡吃飯，聊到想改當守衛工作，父親一句話也沒說，待六俚叔離開後，才對我說：「當守衛，這麼好聽，還不是給人當看門犬？」父親說這話的時候，語氣中挾有強烈看不起的味兒。這其實怪不得他老人家，他從二十八歲上入伍從軍，和江西黎川一群年輕人招募而成的步兵團一路從江西福建廣東金門而後登上台灣，從二等兵再逐漸派升上士排副，在軍中輾轉流離了二十四個年頭。聽六俚叔說，父親當時體能戰技是全營第一，還是搜索排的排副，金門古寧頭大捷時，他那一排就在最前線衝鋒陷陣，殲殺共軍。所以說他習慣了指揮同僚，或是大量勞力付出，像這樣呆坐在守衛室裡接電話、開關大門、送往迎來的靜態工作當然是很不以爲然。

父親當上主廚之後，每天一早四點多，天色還是暗朦朦的時候就已經起床，囫圇刷洗一番，躡手躡腳地走經大廳，深怕吵醒鋪竹蓆睡在地板上的我，我其實也醒了，知道他起床後所做的每件事，只是心照不宣地假裝睡得很沉。然後聽見他走出大門，悄悄拉開鐵門，牽出石橋九十，再緩緩拉下鐵門，在門口發動機車，引擎一開，達達達達的聲響頓時劃破靜謐，得等到車子遠離，才又回復寧靜。

父親進工廠前，通常得先上菜市場物色當日所需之果蔬魚肉，購妥之後全數擺進石橋九十後座新安上的青色塑膠箱籠，等進到廚房才卸下清洗，作簡單處理。這時得先準備好早餐供工廠住宿的員工用餐，通常是稀飯、水煮蛋、菜瓜、豆腐乳和應時蔬菜，說穿了其實就是軍中那一套。父親每天要負責擺出七桌同款菜色。早餐剛忙完，大夥兒吃罷，蝗蟲過境之後，他必須獨自收拾桌上的殘羹剩肴，滌洗各式杯盤鍋碟，清理完畢，又得馬上開始張羅午餐，煎煮炒炸，不一而足，好不容易員工也用完午餐，順利洗好餐具，才能在廚房的角落鋪上一兩方紙箱，躺在地板睡個囫圇覺，直到三點多，又得醒來料理晚餐。一天下來，等他關上廚房，回到家通常都已經是晚上七八點的事了。

我心裡一直惘惘不安著，雖說廚師工作比起工地安全許多，但父親畢竟不是專業廚師，他煮得菜稱不上好吃，何況外省口味能否被工廠裡以閩南人爲主的員工接受，這還是個大問題。這個擔心沒過多久就應驗了，兩個月後，父親時常回到家就是一臉頹喪，不發一語，跟剛上班時的那種自信神情截然不同。有時還會很生氣地罵著：「媽咧的鼻，恁挑嘴，吃天上仙桃去！」再過一個多月，這一天一大清早，父親還是下了床，卻沒有任何動靜，只在客廳靜坐著，可能是想著事情或看著我睡覺，卻沒出門，我不敢睜開眼看他，就這樣等他喚我起床準備上學，他還是在家裡坐著。連續過了好幾天，不用說我也知道，他不上班了。至於他是被辭掉或是他自己辭職，這一點我和我阿母是完全不敢過問。

要父親賦閒在家那是絕不可能的事，他老人家憂患意識忒重，經常對我說：「我先把你母親和我的棺材本存好，省得日後你們兄弟倆操心。」有時候，話還說得更重些：「沒錢，別人瞧得起咱們？」這些話都是他從人情冷暖千錘百鍊親身體會來的，想當初父親還沒錢買新房離不開蔥子寮外公家時所遭受的蜚短流長、白眼相待，我多少也是親身體會一些，怕只怕遠不及他領受的萬分之一。父親在家悠閒度過了幾個禮拜，不曉得從那兒得了介紹又覓著一份新差事。當時我們全家正在看楊麗花歌仔戲，父親趁廣告空檔時突然說：「你爸沒本事，只好給人看門去。」我一怔，不知道該說什麼好，我阿母和我都假裝沒聽見，繼續看著電視裡的廣告，廣告結束，楊麗花裝扮薛平貴模樣出現，旁白女聲齊聲唱道「平貴征西勇無敵……」忽然就在這句唱辭聲中，我感受到父親話裡無比龐大的辛酸，彷彿潮浪一般，不斷從他心裡湧冒出來，夾雜著歲月的滄桑、悲涼，還有無可奈何的屈服，全都在「你爸沒本事，只好去給人看門」的話裡風雨交加、波濤洶湧起來，漲滿了整個客廳，漲滿我阿母，和我。

從此之後，父親就展開他漫長的看門生涯，扣除晚年病榻日子，這和他青年從軍、壯年操持板模的人生歲月幾乎鼎足而三。

大概十來年前，有個極粗糙的廣告，偶爾會在電視頻道播放，畫面上三五青年男女同坐在一輛紅色跑車上，齊聲吆唱著：「名屋，名屋，名屋食品最好喝。名屋，紅茶，名屋，紅茶，眞好喝。」這檔廣告畫質失眞，演員表情呆滯，音樂單調貧乏，看上去就知道是個製作成本極低的作品。不過這確實讓「名屋」這家地方型的小工廠提振不少知名度，銷售量直線上升，頗有力挽年年虧損而鹹魚翻身的意味，值此之故，褒忠這種小地方也以能擁有這樣全國知名的小公司爲榮。

父親就在這家食品公司裡當起他人生中第一回的門房守衛。

名屋食品公司位於褒忠鄉東側，緊鄰馬光鄉，中正路就打這兒開始，我家是在中正路八十六巷，兩地距離約三百公尺，從我家出發穿出巷子接中正路，往左拐，走路的話只要七八分鐘就可到達。父親爲省油錢，每日上下班就不再騎他的石橋九十，而是改跨腳踏車。

父親一早七點多上班。看門的工作是這樣，白天時監督員工上下班打卡，管制人員出入，確認出廠貨車罐頭飲料數量等等；晚上則必須定時巡視工廠四周以確保安全。父親和先前的守衛兩人輪班，一班二十四小時，隔日排休。守衛室約八坪大，在工廠大門左側，窗戶開在大門兩邊，可同時看顧工廠內外，窗戶下有一張辦公桌和一把鐵椅，鐵椅後就是上下鋪的行軍床，床的盡頭隔了一間小房，裡頭有馬桶和淋浴設備。

我每天放學回家第一件事就是給父親送飯。我騎腳踏車到工廠時，如果正巧遇著員工下班，就會看見父親站在大門邊指揮交通，順道和員工們揮手道別，這時他根本沒空和我打招呼，照往例我會把飯盒靜靜放在窗邊就自個兒回家。如果逢上星期假日，我就得多送一頓午餐，也只有這個時候，他才會開小門讓我進去，等他吃完飯，再把飯盒拿回家。父親一邊扒著飯一邊不忘叮嚀告誡我說：「你每回考試一定要考前三名，這樣考大學才有希望！」要不就說：「你以後當老師或當醫師都行，總之，不要像你爸當半輩子兵，到頭來還給人看門。」再不就說：「你以後要讀個博士，咱們張家還沒能出個博士，趕以後回江西老家給張家添點光，讓親友們知道我張炳榮還有個好兒子！」父親對我告誡的這些話起碼叮嚀過上千回了，可我聽完只有苦惱的分居多：我那時數學其差無比，老因考不進前三名而屢受他老人家呵責，我很想他多注意一點我其他科功課頂好，數學又進步了一點點，雖然沒考進前三名，可總值得一丁點鼓勵吧？但他老人家只看進了前三名沒，沒，那就直接下結論說：「你沒考前三名，大學考個屁啊！」然後我就在呵責中拚命讀書，向一個莫名其妙的前三名要求努力匍匐前進。到後來我總算搞清楚我對醫學興趣缺缺，這輩子唯一還可能滿足父親願望的機會就是當個老師，讀完博士，讓父親在一群我從未見過的老家親友們面前得以抬頭挺胸，引以爲榮。

有一回冬天深夜給父親送毛毯，剛好遇上他正要開始巡視廠房，父親要我跟著他走繞一圈。冬天的風呼呼吹喊猛烈搜刮著工廠每個角落，清冷的月光灑在偌大廠房屋頂，投下一片又一片歪斜猙獰的暗影，好些個死角沒燈，叢生黑影，父親就領著我穿過水塔，走經廠房側邊，逆著北風前進，融入生生滅滅的黑影與月光當中。我膽子小，渾身直打哆索，心裡七上八下，父親拿支手電筒走在前頭帶路，非常熟練地東彎西繞，左穿右梭，繞完一圈大約花上二十來分鐘，我心裡想這要是叫我隻身繞上這麼一圈，我肯定辦不到。父親大概看出我的心意，就在呼呼的風聲裡頭大聲說道：「你爸這輩子沒做過啥虧心事，堂堂正正，沒啥好怕。」

又有一回，就在守衛室旁邊二十幾公尺發生一場意外，一輛貨車撞上機車，中年男子騎士當場斃命。鄉下習俗若是橫死在外是不能進莊頭回家治喪的，檢察官驗完屍，簡便靈堂就搭建在守衛室旁邊。和父親輪班的另一個守衛員爲避忌諱，索性請了幾天假，父親沒得輪休就每天住在工廠守衛室，日日與靈堂爲鄰。但最苦的是我，臨到天黑給父親送便當，我就渾身不對勁，兩腿發軟，經常是放了便當轉身就拔腿狂踩腳踏車，落荒逃回。終於喪事治畢，另一名守衛銷假上班，父親才得以回家休假，正巧我大姊從台中休假回來，就問說：「爸，你不怕嗎？」父親坐在搖椅上，順勢往後晃了幾下，笑著臉說：「你爸在金門打仗的時候，見過抬過的屍體不曉得多少呢？男子漢大丈夫，怕啥？」

等我上了高中，父親還在守衛室貢獻他後期人生的微薄勞力賺取微薄薪資的時候。後壁湖的六叔捎來一個好消息，他告訴父親說可以去申請榮民津貼，每月有萬把塊錢可以領。父親心裡掙扎了好久，當初他在工地縱橫的時候，想都沒想過要靠政府供養，他自己養得起自己，甚至養得起一整家人，可是他逐漸老了，他沒有任何退休金，他靠守衛微薄薪資早晚入不敷出要吃光老本的，他再不能像過去一樣意氣風發了，他必須低頭，低著頭去塡妥榮民生活津貼的各項表格，加入榮民行列，這離他退伍已經是二十年後的事了。父親爲了開源，後來甚至還厚著臉皮去申請鄉公所的低收入戶補助——當時我對我家突然成了貧戶這一點非常不能諒解，這簡直讓我在同學間幾乎快抬不起頭——但要過了幾年以後，有一回父親在二樓房間東搜西找，類似交代遺囑一般，說哪裡藏了黃金多少，藏了美金多少，又從鐵罐裡搜出幾張總額共一百萬的定存單，說這是當初準備給我念大學念博士的錢。我才知道，父親在年老力衰的時候，不惜拉下老臉四處尋錢，這不是爲了他自己能多享受一點，而是提早爲小兒子預先積儲一筆學費，這筆學費遠比他自己的面子來得更重要許多許多。

也就在父親搜出各式收藏在不起眼鐵罐磁瓶裡的物件，我才得以親睹父親暗藏的四枚勳章、一紙退伍令、士官結業證書以及榮民證、戰士授田證等等。如同我習以爲常先入爲主的偏見，榮民就是忠黨愛國鐵票部隊的代表，除此之外大概和農民、漁民沒啥兩樣。等父親把榮民證交到我手上時，我一看封面上的字，立時愣著了。那封面上寫著「中華民國榮譽國民」，多麼撼人心弦的八個字啊——中，華，民，國，榮，譽，國，民——原來榮民竟然是榮譽國民的簡稱，是整個國家的模範，整個國家的榮譽，照理說班級模範生、榮譽鎮民、榮譽市民應該都比不上榮譽國民才是，他們應該享有自己的尊榮才是，起碼父親在我心目中就值得這樣榮譽。可是曾幾何時，榮民這樣的詞語，被過度污衊淪落成政黨工具、動員後盾，成爲一群最保守最落後的象徵，他們大多離鄉背井、大多拋妻別母來到台灣，撈到一個看似榮譽卻逐漸污損的頭銜，但他們卻必須牢牢地守著這份羞辱、這張證件，就像父親，那是他下半輩子生活的來源，以及憑弔前半生的唯一依據。

我保送師大那年，父親已輾轉換了幾個守衛工作，先是在鄰鄉的月眉國小當班，後來又因年紀太大再被辭退，那時他已經七十歲了，照理說是應該在家頤養天年。當時我考上的師大是全額公費，每月還有三千多元生活補助，不必再向家裡索錢，可我也不敢多勸他退休，每回我一開口，父親就會回說：「你們兄弟倆以後還要結婚，我先把你媽和我的棺材錢存齊，省得將來你們負擔。」七十歲的老人是沒人要用的，就連守衛也沒公司願意請了。後來我大舅和朋友合資在新竹湖口工業區買下一棟舊工廠，準備轉租出去賺上一筆。出租前這段空窗期，需要有人看顧，大舅就問父親有沒有興趣，父親想也沒想一口答應，沒幾天就攜著我媽離開褒忠老家，北上住進工廠的守衛室，安之若素。

那年過年，我們全家分別從各地湊集到湖口火車站，父親和我阿母在出站口等著我們，等大哥大姊二姊都到齊後，全家人就一起走路穿過鐵道旁小路，朝工廠走去。工廠位於稻田之中，附近沒什麼住家，感受不到新年氣息。我阿母已經在守衛室準備好了團圓菜，我們囫圇吃了一頓年菜。父親就領著我們參觀舊工廠，廠房邊已經開始長些雜草，廠內零星擺了一些舊機具，空氣冷清，氣氛蕭索，完全和過年鬧熱氣氛相反。沒多久天色漸暗，守衛室住不下這麼多人，我們得離開工廠回到各自工作、讀書的地方，父親和阿母在工廠門口和我們道別，父親輕描淡寫說著：「要好好保重身體！」我們都點點頭，然後大家也沒多說什麼，只是揮著手，天氣很冷，夜幕來得快，等我們稍稍走遠一點，工廠已是一片漆黑，漆黑彷佛有兩個身影，在黑暗中晃動，彷佛還有回聲盪漾，「要好好保重身體！」在新年的初夜。

我終於讀完大學，畢業典禮當天，父親穿著平時難得穿上的西裝出現在師大校園，我很得意地帶他到中庭公布欄，去看我獲得師大傑出學生特別製成的海報看板，他沒表示什麼意見，只靜靜地和我們拍張合照。天氣很熱，他說他要休息一下，步履蹣跚地走向一旁階梯坐下，脫了西裝，掛在手臂上，額角直冒汗，很辛苦地喘著氣。我一時驚覺，父親他老了，老到連走路都顯得困難重重，他的世界正急速縮小，小到連看得見的遠方都未必到達得了了，所謂的力不從心正開始落實在他身上，即便他還想胼手胝足、還想勞碌奔波，恐怕再也都難以實現了。拍完照，我帶他們到承德路坐車回鄉下，父親很辛苦地登上遊覽車，臨別前又囑咐我說：「要好好照顧身體。」車子揚長而去，我回到宿舍，越想越心酸，好端端的父親，猛可老成這副模樣，還千里迢迢北上參加兒子的畢業典禮，他身上一定還有許多病痛折磨著他，他總是這樣：咬緊牙關，苦往肚子吞。連說都不肯說上半聲。想到這裡，我就窩在宿舍裡，眼淚一顆顆的掉，替父親心疼他自己。

我大學畢業後在台北試教，每月有固定收入，就叫父親退休。退休後，他每天就在老家種種樹澆澆水散散步，反正就是閒不下來。

等我退伍後，父親身體急速衰壞，不得已搬上台北和我同住，纏綿病榻二年多，有一天傍晚，終於在萬芳醫院加護病房安靜地睡著，我在病床邊一直搓揉著他的手，他的手已經軟弱無力，龜裂的厚繭布滿掌心，摸上去極爲粗糙，這雙手曾經持過槍、舉過板模、拿過榔頭、操持鍋碗瓢盆、用過不少鑰匙推開許多鐵門，現在他再不用糾結著手臂筋肉，使盡全身力道上戰場衝鋒、到工地攀上踱下、進廚房忙切忙炒、去工廠幫人家開開關關，他終於可以放鬆全身，讓自己完全休息下來，再不用未雨綢繆擔心入不敷出，再不用流很多汗吃許多苦，再不用被病痛磨折，挺幸福，可不是？我斗大的淚珠滾落在父親的手臂上，我很想對他說：「爸，這回你眞的可以好好休息了！」但我卻說不出口，我怕他又會回說：「我得趕緊把你們下輩子招呼好……」所以，我只是一直搓揉著他的掌心，一直搓揉著他的掌心。

洗澡

我把飽蘸沐浴乳的泡棉球，擦過父親的前胸、後背、左手、右手，泡棉球像一艘小心翼翼的星船航入深邃而遼敻的宇宙，滑行過後的泡泡，鼓起，破滅。星船堅毅地滑翔過父親的私處，那已經是老而衰朽的星球，黯淡無光，遂又在臀間溝槽來回逡巡，彷彿迭盪不停的嘆息。我扭開水龍頭，灑向裸身坐在馬桶上的父親沖洗，水花四濺，泡沫滿身的父親頓時清新起來，如果老宇宙可以洗淨，會不會還父親一座新天空？而不是此刻皮鬆肉垮的老殘陽。

即便我已經大到懂得羞恥，父親只要從南部工地放假歸來，他還是堅持在外公的三合院前，備好大鋼澡盆，貯滿水，叫我光著身，立正站好，光天化日之下，拿黑蜂蜜肥皂仔仔細細塗滿我全身每一個角落，樣子輕鬆，一邊用濃濃的江西腔音說著：「恁愛玩哩，澡也不好好洗！小碳球似的。」彷彿還要像小時候每一回他抓著我的雙腳讓我倒立在水中玩將起來，試探性地摸摸我的腳，再收回。我如今也不用手和他潑水一塊兒鬧了，雙手牢牢護著下面的小雞雞，童伴們都在旁邊瞪大牛眼笑話咧！

我不禁揣忖父親的心情，當我第一次脫下他的內衣，叫他勉強站好，扶好我的肩，「腳抬起來！」順勢快速脫下他的長褲、內褲，赤身精光裸露對著我，顫巍巍的雙手緊捉著我的肩（父親也許也想遮住什麼吧？如果他心有餘力的話。他心裡是否也和我小時一樣害羞著？）如今他像一個沉重的小孩，我有時抱他，有時扶他，有時推他，要等他完全坐定在浴室角落邊那個小小的馬桶上，他才能安心地卸下緊張神情，不發一語地任我開始洗浴。

父親因爲洗腎緣故，毒素殘留皮膚，引發癢症，我很難想像那種無法用搔扒止癢的癢究竟多麼痛苦，只見父親渾身上下密密麻麻的小傷口，傷口尚未結痂，又因爲奇癢難耐反覆抓破了皮，舊痂新痂相疊渾似月球表面，坑坑疤疤，綴滿雞皮似的膚肉之上。我把濡濕的沐浴球擦過他的皮膚，新傷口滲出小小血絲，有時密布在前胸，有時是大腿，偶爾在手臂，混入沐浴乳的水泡漫流而下，氾濫成蛛網般的水系，恣意地徜徉在新生的河道，紅艷、凌亂、隨時可能枯竭。我有時用手抹去血絲，說：「爸，不要抓了，已經這麼多傷口。」新的血絲又湧流出來，父親嘆一口氣：「癢啊，沒辦法！」

「這外省仔張仔，沒才調啦，百面是欲霸占伊丈人那間三合厝！」蔥仔寮的左鄰右舍近親遠戚四處議論紛紛，大家隨時以預言連續劇的期待心理準備收看意料中的結局，父親卻在六年工地的奔波中，存錢存錢存錢，最後買了褒忠鄉熱鬧街上的一棟二樓透天新樓。入新厝時，開桌宴請蔥仔寮親友，父親輪桌敬酒，親友此起彼落地豎起大拇指，說：「阿榮，鰲！」「阿榮，有才調。來！乾一杯。」父親一飲而盡，雙手抱拳，用生硬的台語回答：「勞力！勞力！」當天晚上，父親帶著我到街上藥房，買了一包十元的硫磺粉。回到家，父親扭開熱水器（我不用再燒柴煮洗澡水囉）把熱騰騰的水送到新磁磚浴缸，貯滿水，浴室裡水氣蒸騰，父親小心地把半包硫磺粉倒入浴缸，清水頓時變成乳黃，一股濃而嗆鼻的硫磺味竄入濕氣，父親和我各自脫光了衣服，一起擠泡在浴缸中，我口吐著氣，用手腳小小滑著水，笑了起來，隔著氤氳水霧，父親也笑了起來。我忘了父親當時說了什麼，畢竟那時才九歲，但父子倆的笑聲很遼闊，濛濛中我一直誤以爲我們是在海裡，泡著、笑著、溫暖著。

「爸，右手舉高！」父親艱難地舉起右手，我用左手接住，他的掌心還不自主地顫抖著，像有人操弄著他，那是帕金森氏症的傑作。蓮蓬頭的水花沖過他的右手時，他強而有力的手臂肌肉如今像潰敗的兵卒渙散各處，再也無法聽任指揮調度。

我第一次跟父親進工地，大約是讀國中時。父親高舉著板模，爬上鷹架，在箍好的鐵條樑柱圈外，圍上板模，固定，四角敲釘，再用鐵線纏繞，一塊完成後再換一塊新的，像拼圖般拼出一個容器供水泥灌漿。板模很重，當時我連最小的也舉不起來，只在一旁幫忙拔除已經灌好模拆卸下的模板上的釘子，一邊看著父親爬上爬下，肩舉著大板模穿梭在直立木條、鐵圈樓板和鷹架間，陽光下他大汗淋漓，白內衣被汗透空，望得見他全身上下十分結實的肌肉，映著黑色肌膚閃閃發亮。回到家後，父親總是先洗澡，洗好之後，換我洗的時候，浴室總是瀰漫一股濃濃汗味和土味。偶爾我也幫父親洗衣服，一桶水漂洗一件衣服，總可以搓揉出整桶濃濁厚重的土水。

「爸，換左手。」水花輕快地沖過左手臂，父親的左手臂彎曲處有洗腎的人工血管，鼓鼓的一坨像小蛇盤據，父親右手過來觸摸著：「這個要割掉！」我按住那裡，感覺動脈裡的血十分有活力地衝入靜脈，流速相當好，這是正常的人工血管該有的現象。我向父親說：「這個不能割，洗腎要用的。」「還要洗多久才會好？」「不會好的！只是暫時替代腎臟功能而已。」「不會好就不要洗了啊！」我不答話，心裡難過著：「不洗，不洗會沒命的！」

洗腎室的護士小姐將針頭扎進人工血管後，另一支送血的針卻怎麼都扎不上，在左手臂上扎進又拔出，新舊針孔密密麻麻，護士來來回回換了一個又一個，父親咬著牙忍耐針進針出，血流血止，我忍不住責怪說：「怎麼都扎不上？」護士也不耐煩：「你爸的血管不好！」我忍住火，心裡罵道：「技術爛還怪血管！」最後終於被一個技術較好的資深護士扎上了，父親鬆了一口氣，病床旁的血液透析機緩緩啓動，父親的血隨著管線緩緩自手臂抽出，鮮紅、溫熱、源源不絕，流入機器清洗毒素，再隨管線由另一個針頭將乾淨血液送回身體。洗腎過程前後長達四小時，父親躺在病床上，絕大部分在睡覺休息，偶爾醒過來我陪他看一下電視，聊一些他已經交代過千遍萬遍要節儉要存錢要讀完博士光宗耀祖之類云云，然後又睡著，讓盡責的洗腎機一滴血一滴血滌淨體內毒素、渣滓，像一個忠實的僕人盡力打掃著衰朽的古堡，每週三次，全年無休，這父親自然是知曉的，「死而後已」，他還不知道。

我輕輕壓彎父親的背，「爸，沖後面喔！」水勢順背而下，我用手擦撥，抹去泡沫，特意將溫水持續地沖在靠近尾椎的脊髓上，父親說：「痛喔！這地方。」醫生指著X光照片上的脊骨說：「你看下面這個部分，已經變成S形，錯位十分嚴重，這種沒辦法開刀了，可能會痛得滿厲害的，痛的話就吃藥止痛，只能治標不能治本了。」我望著扭曲變形的父親的脊骨，想像有一片又一片的板模重壓在他的肩上，一釐釐壓壞他每一塊軟骨，壓垮他每一段關節，讓痠痛像螞蟻一樣布滿他的下脊骨，竄爬推擠，揮趕不去。我記得小時候，父親洗完澡，會叫我用萬金油幫他搓推後背，父親伏在椅子前，我用力地在他後背上按揉壓搥、上下推移，直到他舒服地說一聲：「好了！」

「好了！換屁股。」我用手清洗著屁股，把殘留的黃濁糞跡沖刷乾淨，隨著泡沫流入馬桶，然後又壓了一次沐浴乳，右手拿著蓮蓬頭，左手搓揉著父親衰朽的陽具，小心翼翼地把血尿的痕跡洗淨。

「醫官啊，我尿裡頭怎麼有血啊！」洗腎時父親對醫生說。醫院做了許多檢查，查不出原因，最後只說有可能腎微血管破一個小孔滲出血來，如果白血球不上升沒有感染就沒有關係，當作結論。於是父親在每回洗澡中，如果撒了尿，就會邊看邊說：「這麼紅！」

我彎腰往下沖洗雙腳，「膝蓋是別人的囉！」父親感嘆的說。「還可以走呢！」我說。「能走到哪裡？客廳？還是廚房？」父親茫然望著我。

父親是不能走了。當初他在江西老家從軍後，就落腳在步兵團裡整日走，從江西走到福建，再從福建走到廣東汕頭，日夜兼程，腳底破了又磨，磨了又破，一樣咬著牙走，連澡兒都沒得洗上一回（父親和鄉友人聚在一塊兒淨閒嗑牙這些）。如今，帕金森彷彿在他腿肚上繫上一副腳鐐，讓他走起路來凌亂而細碎，顫顫巍巍，一小步一小步連續踏出，然後靜止不動，搖搖欲墜，隨時都要跌倒似的。第一次轟然巨響發生在吃飯後，父親自己要上洗手間，一不留神，扶不到任何東西，斷了線的風箏不斷偏移，地板上的腳步聲凌亂快速，待我察覺不妙時，父親的後腦勺已經狠狠撞上木頭地板，血流滿地，救護車嗚嗚前來，上醫院縫了八針，斷層掃描、X光檢查、留院觀察不一而足。有時轟然巨響發生在我上課時，母親就哭喊著叫鄰居幫忙；有時是凌晨，轟然巨響發生後，我熟練地評估傷勢，該送急診毫不遲疑，自己可以處理就扶好父親，洗淨傷口、止血、擦藥、貼紗布，讓父親上完廁所，再回去睡覺。偶爾我怪父親：「爲什麼不叫我？」父親看著我說：「你明兒個還上課，怕吵了你，沒精神。」但有時聲音很小，要等我半夜小解時才發現他倒在地上已經很久了，我惱了，大聲道：「跌倒了還不叫我！」父親像犯了錯的小孩，說：「我以爲自己可以起得來……」

「爸，嘴巴開開！」我把水柱一股腦兒沖入口腔，拾起一旁的牙刷，擠上牙膏，開始刷起上排牙齒。父親的牙齒幾乎掉光，充當門面的是上排齊整潔白的假牙，相互依偎緊緊抱住後頭兩顆老臼齒，下排假牙因臼齒斷裂而宣告脫離，早已告別揚長而去。父親講話時只見上排牙齒勉強支撐門戶，一任凋零的秋風從洞開的下唇自在穿梭。我仔細地刷除齒間的食物渣垢，一股濃濃的小湯包肉餡味從喉間漾出，「爸，剛剛小湯包有吃完嗎？」「食完囉，恁好吃！」

「我這牙齒，鋼都咬得斷！」父親拿著雞骨敲敲自己的前牙，自負地在晚餐桌前對著我和母親說，嘴裡還不時發出雞骨頭在齒間咬齧的喀吱喀吱聲。有時母親找不到開瓶器，父親一手拿來母親的紅標米酒，往牙間一放，卡茲一聲，瓶蓋就應聲而起。然而他的鋼牙卻在六十多歲時頓時土崩瓦解，那天從工地回家途中，因爲累過頭，精神不集中，摩托車一頭撞上電線桿，一口氣撞斷了四顆上牙，六顆下牙，從此他的金剛罩破解，其餘牙屬部眾漸不安於室，陸續叛逃星散亡去，只留下幾顆忠臣般的老臼齒不忍離去，零星地安居在荒蕪的口腔家園。後來父親的牙齒只能吃鬆軟的食物，特別是小湯包，每次洗完腎回家途中，已經晚上十一點多，我們總是在上海小湯包店前，等上二十來分鐘的蒸炊，小湯包一到手，父親就迫不及待在車上吃將起來，我邊開車邊看父親大快朵頤，父親的嘴巴一開一闔，動作很大，很勉強地用上排假牙和下齒間的牙齦肉咀嚼著湯包，彷彿很香，彷彿很幸福。

我用毛巾拭乾父親，換上沒有土味的新白內衣、內褲，「爸！穿衣服了。」一件一件爲他穿上特地準備好的壽衣，白襯衫、青長褲、藍外套，幫他拉好衣袖，理平皺紋。化妝師這才熟練地鋪粉、擦妝、畫眉，父親頓時清新起來，因爲在冷凍庫凍了一個多月，退冰的水彷彿汗一樣從額角流了下來，我用手輕輕地擦去，喃喃地說：「爸，休息了，以後不會再流汗了！」眼淚不小心滴在父親的臉上，挾著粉一溜煙滑過臉龐，躲到腦後。

父親左手上的人工血管忽然堵塞，洗腎機猶如老僕人焦急地找不到古堡的入口，醫生說必須馬上重新開一條人工血管，以利洗腎。手術極爲成功，後來卻意外發生意外，隨即引發腦幹出血，父親就在睡眠中兀自把古堡的門緊緊鎖上，不許別人再打擾他了。

清洗穿戴一切就緒，準備入殮，我趴在父親耳畔，摀著手，小聲說：「爸！以後要自己洗澡了喔！」

光頭

我爸極好認，在我們老家褒忠鄉街上還犯不著細查出一個五官絕不似一般台灣莊腳人的阿山仔的剛毅臉龐，更犯不著聽聞某人開口所說的台語竟有些奇腔怪調囫圇不清，只消一眼，發現迎面走來那人頭頂彷彿若有光，略近一瞧，亮不溜啾頂個精實大光頭，身材短小卻異常健壯，那不是別人，便是我爸。

我爸偏好光頭造型，實有許多原因，他是職業軍人出身，二十多年戎馬生涯沒有一天不是齊整短髮，後來退了伍當上板模師傅，日日揮汗似雨，經常滿頭淋漓，很是尷尬難受，加上前額髮量日益稀疏，遂索性連髮根都一併剪除淨盡，便於沐浴時利索簡捷地將洗頭、淨臉、洗澡畢其功於一役。如此一來，好似理所當然，我爸也就貫徹始終地頂著大光頭終其一生。

只是我爸「獨善其頭」還不過癮，他喜將這種嗜好推己及人，我哥和我打從娘胎出世到高中以前頭髮便眞沒長長過一吋，起初也覺得短髮挺好，我們在鄉下這野來那野去地廝纏耍玩，經常滿頭大汗，簡單舀瓢水彎腰朝頭一灌，整個人就又清涼爽淨起來。但等到國中同學都開始蓄留長髮，抹上髮膠，做出各種青春亮麗造型時，我爸還是時不時看我的頭不順眼，經常從口袋掏出零錢，一邊訓斥道：「還不快去把頭髮給剪剪，年紀輕輕，一點兒精神都沒有！」我乖乖拿了錢，羨慕著同學們個個都能留長髮，偏偏我們家髮禁強甚國家、嚴過學校，心裡頭還在抱怨不迭時，這會兒人已經到了我們家常來的家庭理髮店，理髮太太替我圍上白兜兜，一邊詫異地說：「你頭髮已經這麼短，短到上面都看到頭皮了，還剪？」這是我爸下的命令，能不剪嗎？只好對著理髮太太苦笑說道：「天氣熱！天氣熱！要剪！要剪！」

我之所以理平頭會露出上方頭皮，說來還有些不好意思，那是因爲俺的頭型怪。說到頭型，我就不能不羨慕起我爸來，我爸的光頭，因爲頭型正，又渾圓飽滿，恰似一顆比率完美的球，配上他的精壯身材，簡直襯托那頭型之奇特傑出、之恰到好處、之無與倫比，也就越發讓人覺得此人之頭實則無毛勝有毛，有了頭髮反倒成了累贅，只會掩藏了頭型的大光采。好比說似誰呢？我以前看NBA硬漢光頭巴克利打球，經常誤以爲那是我爸在美國籃壇奮鬥呢！後來還有一個網壇壞小子打到頭髮沒了的光頭阿格西，也差堪相似。至於我的頭型，就得小小埋怨一下我阿嬤，不知她老人家怎樣精心調控睡姿，才睡出我這種前喀（閩語，凸也）後喀上也喀的曠世奇頭，簡直就像個多邊形角椎體。後來和我阿嬤相好的師婆豬哥嬸曾摸著我的喀頭對她說：「你這孫子，後擺會有出脫（出息）！」這話被當笑話在蔥子寮傳了很久，後來大家看到我爸供在客廳上的老蔣光頭照，發現他頭頂上也是喀得厲害，這才勉強相信了不再取笑。

我上了高中，有一回從學校宿舍回家，我爸突然心血來潮說要理髮，便帶著我到他常去的那家理容院剃頭，這裡剃頭的小姐雖然年紀也老大不小，卻打扮時髦，臉上都畫上淡妝，身上還有一股香味兒，和我常去剪一回十五塊錢的家庭理髮店的媽媽樸素氣質截然不同。我坐在父親旁邊，只見老闆娘親自來幫父親剃頭，先是用電動剪剪除了稀落的雜毛，再用長柄刮鬍刀仔細刮除頭皮上殘存的髮根，等我爸光頭已經出落地爽亮明白時，老闆娘還在對著我爸和我調笑說些口是心非的甜言蜜語：「喔，最小的兒子啊，長得這麼帥啊！」老闆娘吩咐另一個較年輕的小姐打理我，剪完頭後，照例用長柄刮鬍刀刮淨髮緣殘毛，不知是小姐技術不好，還是咱家頭型太怪，小姐居然連連失手，把我刮得四傷五痕的，留下一道道滲血的小傷口在頸上鬢下，小姐頻頻道歉，我爸直呼：「沒關係，小孩子吃點兒苦才好，不礙事，不礙事。」接著，老闆娘便把他的椅子放平，移來一竿燈座，幫我爸掏起耳朵來，這是大人才有的享受，剪好頭髮的我只能在一旁候著。——我長大後回想起來，我爸該不會是用這個當作我的成年禮吧？讓我見識見識鄉下高檔理髮廳的世面？

後來，我爸老到行動不便被迫讓我接來台北同住，有陣子他不太說話，似乎心情不好，我原以爲他又捱著病痛不肯讓人操心，而我仍每天無頭蒼蠅似的忙修課、忙教書，有天早上臨出門前，他早坐在客廳沙發上，揮手道別時，我才猛然瞧見他後腦勺的頭髮早已齜牙咧嘴橫生漫長，幾乎掩蓋他原先俐落爽快的大光頭，但我知道父親行動不便要上理髮廳可是一件大工程，於是等到晚上下課後，我自個兒跑到百貨店買了一柄塑膠製電動剪髮機和一把刮鬍刀。回到家，便大喊：「爸，我來幫你剪頭髮囉！」我爸沒說什麼，任由我忙東忙西，最後把他扶到一張地下鋪滿報紙的餐椅上，扭開剪髮機開關，嗡嗡嗡嗡地在他頭上東剪西除，逐一掃除頂上三千煩惱絲，讓憂愁都落在地板的過期報紙上。剪髮機親吻過頭皮後，頭頂還留下許多殘存髮根，摸上去和鬍渣渣一般刺，得再用刮鬍刀耙過才能爽淨，我小心翼翼地一吋吋在前腦勺、頭頂、後腦勺犁田平土，居然一點兒傷口都不曾有，這一半兒得歸功我心細，一半兒得歸功我爸頭圓頂正。理完頭，再半扶半抱我爸到浴室洗頭，他坐在馬桶上，等洗完頭，他忽然說：「你瞧，這會兒，人不精神了！」

父親後來進醫院，開刀前護士也把他的頭髮理得一乾二淨，即使父親開完刀後，就再沒醒來過，但我相信，不管他在天上那個角落逍遙，肯定逢人就會說：「你看看我這頭，人能不精神嗎！」

消失

小時候還寄住在外公家時，夏日午後喜歡趁著大人都不在家，躺在三合院正廳的門檻上，斜望著屋簷上的藍天白雲，冷冰的大理石讓背脊好生透涼，四方天空風來雲去，一會兒蒼狗，一會兒雲龍，煞是有趣。看累了，才回過頭來，瞧一眼桌上的九天玄女，看她靜靜坐定領受著燃燒的香環，靠左手邊的祖先牌位，早已被煙燻得焦黑，最後，視線一定會落在右邊粉白的牆壁上，那裡有用毛筆密密麻麻寫了幾行字在上頭，我好幾回想跳上去摸一下，都因爲個頭太矮而摸不著，那時年紀小，不識字，對著牆壁上的字滿心敬畏，才又剛起身再試一下，偏偏這時候不是我外公、伯公，就是外婆、嬸婆就恰巧在這重要關口回來，看見我又躺在門檻上，劈頭就是一頓罵：「么壽囝仔，神明和祖先出入的所在，你敢躺在上頂，你是眞正打不驚！」待他們抄起細竹枝準備打我，我早就一溜煙不見人了。

有一回，外公牽著我的手領我到「涐仔頂」，在涐仔頂的入口處和一位身穿道士袍肩背著一只麻袋的道士和三個手執圓鍬的工人會合，走進芒草叢生的坡道，經過一片蔭黑樹林後，眼前突然豁然開朗，滿山遍野盡是高高低低的墳墓，蹲踞在搖曳的白色菅芒花中，我小心翼翼跟在外公身後，工人在前頭劈開草叢前進，過了幾回起伏山丘，外公指著腳邊山坡下一處墳地，叫了一聲：「就是這囉！」工人迅速跳了下去，除淨墳墓周邊亂草，露出一塊墓碑，墓碑上的字已經模糊不清，道士這才下去，對著墳墓搖鈴念咒，來回繞了幾圈，外公和我在一旁燒紙錢，道士作法告一段落，招呼工人可以動手，工人立刻拿起圓鍬開始往墳頭鏟，外公摸著我的頭，然後交給我一把牙刷說：「這是你外祖的墓，今仔日要幫你外祖撿骨，等一下你也要幫著清骨頭。」工人三鏟五鏟很快就挖到棺材木屑，動作慢了下來，仔細往下鏟，幾塊骨頭從圓鍬邊露了出來，工人一鏟到骨頭，便往上丟，我和外公用牙刷刷掉骨頭上沾附的泥土，道士這才從麻袋中取出一個紅色紡錘形陶甕，對著陶甕又是一陣鈴聲咒語，才吩咐將骨頭放到裡面。我一看阿祖的腳骨奇長，擔心會放不進去，結果看起來不大的陶甕居然放得剛剛好，實在令我驚奇。外公又陸續把頭骨、肋骨、手骨，還有一些碎裂的骨頭統統放進陶甕，封蓋前道士又是一陣鈴聲咒語，最後工人將陶甕擺進挖好的原穴，覆土封好，再堆起一座墳頭，外公和我又燒了一回香紙，道士嘰嘰喳喳又念幾遍經咒，總算大功告成。回程時，外公又叫工人去東一個墳西一個墳要他們鋤草，陪墓紙，然後跟我說：「這是你阿祖的老爸的墓！」「這是你阿祖的阿祖的墓！」「這是你大祖媽的墓！」「這是……」

我看著外公認眞的眼神，突然驚覺外公記性實在太好，居然能在一片荒煙漫草中，單憑記憶就能指出每個祖先墳墓的確切所在地，而且他肯定也沒見過我阿祖的阿祖，八成也是別人交代過他這是誰的誰的墓，他就這樣像接下珍貴遺產一樣小心記憶著。可我當時年幼，一回到家，跑進玩伴堆裡，就全給忘得一乾二淨。

相對於母親在蔥仔寮龐大的親屬網絡而言，我爸當眞是孓然一身。在小小的蔥子寮裡，外公家在村莊靠北的一座三合院裡的右護龍，左護龍是伯公家，出了外公家繞著村莊七拐八轉遇著的人不是三叔公四嬸婆就是大表叔二舅媽，反正同住蔥子寮的人攀親帶故一定沾附著一層或遠或近的血緣關係，也沒人知道蔥子寮當初是不是只由兩三戶人家慢慢積累起來，相互通婚才形成這般模樣。我爸進來蔥子寮的時候，的確造成一點點轟動，他那時到台灣（距他民國三十八年單身離開大陸）已經整整十六年了，一句閩南話也不會講，全蔥子寮的人也沒一個人聽得懂國語，我爸就好像去到另一個國家和我媽結婚，比手畫腳之間生下我大哥、兩個姊姊和我，然後又回軍隊去當那個永遠升不上去的上士排副，把一家妻小全寄住在我外公家。

套句蔥子寮遠親近戚後來常說的一段話兒：「這外省榮仔發財囉，番葉仔這下子好命囉。」無非就是驚訝我爸退伍後，到台南做板模老闆包工程，掙了一筆錢，買了褒忠街上一棟二樓透天樓房，把全家接了去住。鄉下習俗入厝要請酒席，辦酒席宴客當天，我爸一大早忙進忙出，又騎著腳踏車拿著毛筆，把從車站到我家沿途的電線桿上都寫上「中正路八十六巷十七號張宅」，我當時以爲他是怕三公里外的蔥子寮親友找不到地方，結果快到正午，來了幾個外省人，見了我爸就熱情地抱在一起，然後用家鄉話嘰哩咕嚕說了一通，我爸便領著他們進一樓客廳坐定，要我逐一叫「勇叔」「輝叔」「昌叔」等等，然後得意地要他們參觀在電視後貼滿牆上的獎狀：「這都是我這個小兒子會讀點書。」叔叔們會過來摸摸我的頭：「好樣的，將來給咱們黎川人透口氣！」我在一旁傻立，不曉得該回答什麼。後來人來得更多，我爸的朋友全擠在客廳喝茶聊天，大家嘰哩刮啦興致昂然地用江西黎川話交談，好像幾百年沒機會湊在一起說話似的，我聽不懂半句，沒趣，索性溜到外頭去找外公，他們可都講閩南語，親切多囉。

後來離我家一公里遠的六俚叔也買了房子，照例又來了一批江西黎川鄉友，我爸帶我赴宴，酒酣耳熱之際，忽然有人提及大夥兒離開軍中退伍的退伍、成家的成家，散落四方，沒個組織聯繫聯繫，只怕久了感情遲早疏散，不如興許辦個同鄉會好聯繫諸鄉友，彼此也好有個照應。大家覺得有理，七嘴八舌規劃起籌組同鄉會事宜，最後推出立榮叔經理這事兒，總算有個開頭，才又觥籌交錯，繼續吃酒。

隔一年，黎川同鄉會成立，在內壢買了一棟房子當會館。大年初五，舉行新春團拜聚會順便慶賀會館成立，我爸要帶我去，我不肯，一來覺得路遠，從我家到內壢，得轉兩趟公車才坐得到火車，在火車上還得消磨三個時辰才到了內壢；二來我不喜應酬，去到那兒免不了又是叔叔伯伯滿天叫；三來他們一聚頭肯定又是滿嘴黎川話，我一句也聽不懂，格格不入。最後我爸一個人去了，回來時帶了一本黎川同鄉通訊錄，裡頭記載著我們江西黎川人分散全台各處的地址電話，由北至南，約莫數百人。

從此，我家的信箱可就熱鬧了。逢年遇節，各處鄉友寄來的賀禮卡片絡繹不絕，每一回起碼百來封，我爸爲省事也去書店學人家印了一千張個人專用賀禮卡片，卡片上問候語一應俱全，我爸和我媽名字全燙金套印在紅紙上，只消在信紙上寫上收件人的姓名、地址，便於禮尚往來，以資應酬。平常時候，會收到幾張喜帖，無非就是某某叔伯的兒子或女兒成了家嫁了人，我爸寄完禮金，會在通訊錄上寫明是誰的誰發生什麼事兒寄去多少錢。偶爾，也會收到幾張白帖訃聞，我爸一打開，經常是心情沉重地搖著頭：「這傢伙死得這麼早！」然後在通訊錄上那人的名字上頭寫上一個「歿」字。

然後，隨著時間流逝，這個「歿」字像到處竄爬的蟑螂一般在通訊錄上滋生著，一打開，驚心駭目的「歿」字四處布滿，活像四面楚歌。只是沒想到，這「歿」字還不安分，一溜煙跑出通訊錄外，尋到了我外婆。

我外婆過世後，外公騰把椅子放在公廳邊，要我站上，拿筆沾墨，把外婆的名字和忌日寫在白牆上——是的，就是這面我小時候經常想跳上去摸它一下的那面白牆——牆上寫著我外公的父母親、爺奶、曾祖和高祖的名字，我外公不識字，好些字已經脫落，雙木林早成了單木，忌日四月成了口月，姓名、忌日的字跡隨著白漆剝落而岌岌可危，似乎承受不了歲月的剝蝕。我把外婆的名字「林李惜」寫上，再寫上「七十九年一月八日歿」，我外公點點頭，說：「金孫仔，邊仔那位留乎阿公後擺用，知無。」我其實很想補齊上頭所有空白，好讓這些祖先們再一次擁有完整名字，一問外公，外公只記得台語音：「人都叫你阿祖叫阿好。」牆上字跡模糊的這個字該填上哪一個「ㄏㄠˇ」呢？有些也記得不仔細了，「你太祖叫啥我也忘記囉。」白牆上的殘缺處只能任由殘缺了。

後來，外公隨著舅舅遷住台北，沒幾年也過世了。我當時在台北讀大學，親眼看著外公的身軀在三峽火化場頓時化成了灰，舅舅把外公的骨灰罈放在台北五股一棟靈骨塔內，我心裡頭眞希望他能把外公和外婆一塊兒葬在蔥子寮，可也沒敢多表示意見。我只隱隱約約想起，蔥子寮的那面白牆上是要寫上外公的名字和忌日。

回雲林褒忠家過年時，發現我爸在客廳的牆壁上寫上了我外公和外婆的名字和忌日，他同我說：「你外公和外婆從小養你們長大，不可以忘本！」

其實我心知肚明，「歿」字這樣毫不留情攻城略地，遲早是要兵臨父親城下的。

父親躺在醫院病床時，我經常問他爺爺怎樣奶奶怎樣，他總是這樣開頭：「你爺爺是個了不起的人喔！」「你奶奶凶喔！」兩三句開場白之後，話頭一轉馬上又開始叮嚀要存錢要節儉要讀完博士光宗耀祖之類早已說過千遍萬遍的話來。所以，父親安靜地在人生盡頭睡著之後，關於那素未謀面的爺爺奶奶的形象，自此隨著父親的過世而一併永遠消失。

我開始著手爲父親寫墓誌銘的時候，我才發現我所認識的父親有太多空白：民國三十八年來台灣之前他是怎樣的一個人？來台後他又隨著軍隊到過什麼地方？他心裡經常想著什麼？他最好的朋友是誰？有太多疑問，我根本無能解答。

我到達黎川同鄉會的新春聚餐時，筵席已經散了，十來個同鄉叔伯餐後約在會長家打麻將，一個沒上桌的叔叔同我說：「我和你爸當兵時是隔壁連。」我心頭一震，急忙詢問，然後他說其實他也不是很了解我爸，接著抬頭問了一聲：「曾炳根不是張炳榮要好的朋友嗎？」麻將桌上摸牌的叔伯們七嘴八舌地回答：「曾炳根早死了！」「那萬承銀呢？」「萬承銀中風好幾年囉，話都沒法兒講！」叔叔搖搖頭，然後就自顧自地講起他以前的往事，忘了我要問的人是我父親，不是他。

我把外公和父親的名字寫在白牆後，突然驚覺他們正以極快的速度向我道別，一點點依稀的身影日漸消失在記憶的光中。然後在他們的記憶當中，曾經留存過的爹娘祖父母，更是完完全全從這個世界消失，僅僅留下一排寫在牆壁上且未必完整的名字和忌日。

然後，多年之後，也許嵙子頂的眾祖先墳墓不復被長久記憶都成了無主孤墳，也許大家會忘了入土七年要撿骨重新入殮，褒忠家門前的那個信箱肯定從此冷冷清清，曾經繚繞耳畔的黎川話或許就此消逝，同鄉會的叔伯們會越來越少，再也沒人會打開通訊錄瞧一瞧裡頭的老鄉。

也許，多年以後，小孩也會問我：「爸，爺爺是怎樣的人？」

我想，我也只能這樣回答：「你爺爺是個了不起的人……。」

離家

門開。

「我不去台北了！」父親忽從客廳椅子上挺直身子，睜大眼，有些激動。我和母親正忙進忙出，把家裡的棉被、電鍋、飲水機、碗盤全塞進車後行李箱。母親一聽這話，馬上氣呼呼折回客廳，雙手叉腰，扯開喉嚨對著父親就是一陣咆哮：「你一天跌倒四五次，叫我欲按怎照顧？拚也拚無法，撞咯大孔小孔，你是欲乎我煩勞死乎，歸去，我來去死死耶好囉，大家較快活！」父親被母親這突來的激烈反應震住，氣勢頓餒，低著頭不發一語，剛才的勇氣忽然都像皮球洩了氣，母親接著又是一頓埋怨，最後父親無可奈何地只好屈服：「好啦，好啦。走，走！」

我退伍後，父親健康每況愈下，先是心臟跳太快開了刀，後來又得了帕金森氏症，行動漸不便，最近又因爲腎臟功能衰竭，到了必須洗腎的地步，每個禮拜得撥三天到醫院洗腎，對已經衰頹的身體而言無疑是雪上加霜。父親卻不服老，經常認為自己還可以像年輕時一樣行走無礙，結果三天兩頭跌倒，渾身撞得是傷，有一次甚至從二樓的樓梯一路重摔下來，額頭撞出個大瘀包，把母親給嚇死。母親對這種必須經常叫救護車送急診的日子早已心力交瘁，好不容易盼到我退伍了，可以替她分擔照顧父親的煩憂。

大哥決定在台北租下一間房子接父母一起同住，問我意見，我不吭半聲，心中有百般個不願意，大哥看出我的猶豫，問我：「難道你眼睜睜看他們自生自滅？」我知道我不能，只好答應。

因此，父親不得不離開他已經住了將近二十年的雲林褒忠老家，搬來台北和我們一起住，即便他也有他的百般不願意。

門關。

民國五十三年，父親所屬的營區從金門移防到新竹湖口，據父親鄉友六俚叔後來對我說：「你父親當時發了瘋似的就想娶個老婆，到處找人幫忙介紹，找了一年多，最後找到雲林蔥子寮的阿葉仔，就是你母親啦，聽說給了你外公不少錢才談成的。我還記得，婚禮是在營區裡頭舉行，熱鬧得很，辦伙的都是自己人，既便宜又豐盛。」又說：「結婚後差不多八、九年，你父親就想退伍，申請好久，最後長官總算同意以『傷病』為理由讓你爹退伍。」退伍後，父親回到蔥仔寮。那時我剛出生沒多久，和阿母、大哥、兩個姊姊總共五人同借住在蔥仔寮外公的三合院的右護龍，我們住的是木板釘成的大通鋪，上面鋪榻榻米，房間的牆壁是由竹子編成再糊上牛糞石灰固定、髹飾。父親退伍後，回來和我們住過一段極短暫的時間，那是我們全家同住在一間房間一張大床的珍貴經驗。

蔥仔寮是個被大片農田圍繞的小村莊，只有二十幾戶人家，全是閩南人，溝通全講台語。聽我哥說，很小的時候，有一次父親放假回來，他一看是生人，嚇得躲在阿母身後，阿母轉過身邊打他的頭邊拉他到前面：「這你老爸咧！啊毋緊叫阿爸！」父親退役回到蔥仔寮後，我哥當時已經八歲，讀山內國小一年級，只會講一點點國語，可父親講的國語帶著江西腔，也聽不太懂，所以不太能溝通，經常比手畫腳，不知所云。不過，父親一回來，就常騎腳踏車載他到元長鄉的街上去買雞鴨、白米，他橫坐在腳踏車的前桿上，舒服地迎著風，躺在父親壯碩的胸前，心裡滋滋樂著：「不用再吃阿公耶番薯簽囉。」門開。

父親在客廳不厭其煩地講述家鄉事給我聽的時候，我都很懷疑是不是他記性太差，以至於他忘了現在所講的事早就已經對我講過千遍萬遍，後來我不耐煩，索性別過頭去津津有味地看我當時愛看的電視卡通，完全沒聽進去他重複說的那些陳年往事，可父親壓根兒不在乎我有聽沒聽，他自顧自地滔滔不絕，自顧自地意猶未竟，非得要到阿母在廚房裡大喊「食飯喔！」，他才會從他的記憶中甦醒過來。

當然，那些故事聽熟了，我自然就能倒背如流。

我那未曾謀面的爺爺，叫張少東，是個中醫名師。民國三十年前後，日軍占領江西境內，老家黎川靠江西省東邊，與福建武夷山接壤，當時也被日軍占據。我大伯在黎川縣新城鎮當鎮長，屬國民黨人，日軍一來就逃命去了，共產黨人抓了我爺爺來拷問，爺爺一句話也不肯說，被關在水牢裡三個多月，直到日軍投降後，才被人從水牢裡救出來。回到家一看，腳都被冬天的寒水給凍壞了，拖了兩個月就在家裡過世。四年後，民國三十八年，國民黨胡璉將軍在長江南岸被共產黨擊潰，收拾殘眾進入黎川招兵買馬，當時已經二十八歲的父親就毅然加入國民黨軍，一方面希望可以保衛家園，一方面可以解決兄弟三人必須抽籤入伍的尷尬難題。

收拾行李時，父親把辛苦做木工存起來準備過幾個月後要結婚用的幾十塊大洋，從地裡挖出來，交給奶奶，奶奶平時對這個即將入伍的二兒子並不好，一塊豬肉也捨不得讓他吃，肉都落到了兩個弟弟嘴裡，這時候竟也有點兒捨不得，一旁幫忙收拾細軟。父親走出張氏家廟時，回頭看著母親、大哥、嫂子、兩個弟弟和老乳媽，站成一排在家門前揮著手，父親振起手臂，慷慨地說：「我很快就回來！」便頭也不回地直往軍營報到。

門關。

電梯門打開，我驚見父母親蹲坐在門口，黃昏餘暉透過樓梯間的小方窗投照地上，反射在父母臉上，竟有一種迷離的恍惚與落寞。我趕緊扶起父母，母親氣急敗壞地說：「你老爸和我攏未記帶鎖匙，歸下晡攏關在外面，真正是歹命失德。」我迅速打開兩重鐵門，讓父母親入內休息。我問母親：「那會未記戴鎖匙？」「你老爸敲電話叫計程車來，趕緊欲坐車去洗腰子，鎖匙放在桌頂未記戴，轉回來有厝毋通入門，氣死人。」我回頭瞥一眼父親，父親神情肅穆，不發一語。母親又說：「整棟樓，厝邊頭尾，沒半個人影，每間鐵門關緊緊，我加你老爸緊尿，想欲放，找無便所，就在咧樓梯間放尿，啊沒欲按怎？禁乎死喔？那時陣若是去乎別人看到，不就笑死人耶的大嘴！你趕緊去清清耶。」我趕緊拿著水桶，盛滿水，走到樓梯間，濃厚的尿騷味撲鼻而來，牆壁上尿漬痕顯而易見，地上有兩灘尿水，我舉起水桶奮力一沖，連心裡的酸楚也一併衝出來，沿著樓梯一階一階地往下流淌。

父親整夜都沒說話，只聽到母親一句接一句的抱怨聲，像槍聲，射穿我的胸膛。臨睡前，我在床上輾轉難眠，腦海中不斷重複出現同一幕畫面：一對老夫妻忐忑不安地在樓梯間脫下褲子。一對老夫妻瞻前顧後地在樓梯間脫下褲子。一對老夫妻忐忑不安地在樓梯間脫下褲子

門開。

蔥仔寮的左鄰右舍、近親遠戚都有意無意地透著這樣的消息：「這外省仔張仔，早晚欲霸占阿勞仔（我外公）那間三合厝，按若無那全家伙啊住這久，攏無欲搬出去？」閒言閒語

像田間的野草一樣滋長，過沒多久，全蔥仔寮的人都以為外省仔張仔霸占定他老丈人的三合院。我那時差不多六、七歲，玩伴還很老實地警告我：「聽阮阿嬤講，你爸欲毒死你阿公。」我一聽這話，三步併作兩步衝回家，找到我爸，生氣地對他說：「你若是敢給阿公安怎，我就毋要和你好！」父親大笑，拍了一下我的頭，用很生硬的台語說：「阿爸未對你阿公安怎，你要相信阿爸啊！阿爸現在包到一個工程，以後要到台南去工作，你在家裡要乖乖聽阿母的話，知無？」

父親要下台南的時候，阿母帶著我和大哥、兩個姊姊，一起在蔥仔寮村外的大馬路上等北港客運的直達車，蔥仔寮的親戚穿過大馬路要到他們的農田耕種時，全都笑著對我爸說：「阿榮仔，聽說欲去台南做頭家喔！真鰲。阿葉仔後擺就好命囉！」我爸就笑著回答：「還沒咧！還沒咧！」客運車來了，父親跳上車，還來不及回過頭來，車子一下子就往前開走，大哥望著車尾，忽然拔腿追上去，母親攔不及，父親的頭和手伸出窗外招呼，大哥忽然叫起來：「爸！你—要—趕—快—回—來！」

門關。

父親所屬的軍隊一邊抵抗共軍一邊往南敗退，穿過武夷山凹，下福建，最後退到廣東汕頭，又登上軍艦移守金門。我後來在老家一堆書籍中意外發現一本父親在民國三十九年到四十六年間所寫的日記，裡頭除了記載軍中事務外，還有好幾份家世和遺囑，可能是同時放在好幾個地方，以防不測。家世的部分是用樹枝圖表示，上頭是我爺爺奶奶，爺爺和第一任太太生下大伯，奶奶則是先和前夫生下二伯，爺爺和奶奶結婚後再生下我父親和兩個叔叔。人名旁邊註有職業和學歷，再劃一條虛線表示配偶，父親的配偶是黃氏，旁邊又加上一行小注：「只訂婚尚未同房。」遺囑的部分，特別交代如果不幸因傷病故，個人軍物櫃中有現金若干、儲蓄若干，加上國家撫卹金部分，待光復後，希望長官可以代為轉交江西黎川某某地址母親大人萬氏。

民國三十九年一月四日，父親的日記上有一段這樣的話：「今又讀三國演義，學字有成，復學文章。午，大霧散去，散步營區，從慈湖往西邊望去，廈門歷歷可見，猶憶十年前由黎川走至福建光澤學木工技藝，如果從這裡走回家，涉過小金門海峽，也不過幾天腳程。如今烽火，有路難通，咫尺竟成天涯。」

門開。

等我下課回到家，看家裡居然沒人，趕緊打電話到醫院問父親洗腎洗完了沒，護士小姐說今天老伯沒來洗腎，特別再提醒我說洗腎不能中斷，一旦中斷體內毒素升高，可能造成昏迷，相當危險。講完電話，在房裡屋外找了一圈，又跑下樓去找，不見蹤跡。趕緊要通知我哥時，電話忽然響起來，是我媽的聲音，我著急地問：「你這嘛在叨位？」「阮這嘛在褒忠啦，你阿爸講伊一定欲轉來，我按怎苦勸勸不聽，已經未走路硬欲走，我敢有法度，毋帶伊轉來不就呼伊死在半路，我甘哪乎你爸氣就氣死，等你禮拜休睏再咯來載阮。」我氣得跳腳，叫我媽讓我爸聽電話：「爸，你知不知道不洗腎會死人的，你這樣不告而別，知不知道我著急個半死，你那麼大了還要跟小孩一樣鬧脾氣！」父親在另一頭也火了：「我會死，也要死在家裡！」

門關。

父親的木匠手藝早在大陸就已經出師，退伍後，當時台灣建築業正開始蓬勃發達，工作多到做不完，父親相準時機，大膽地在台南跟人家標板模工程，居然成功標到幾份工程，找了幾個小工，跟著他一起做，前後差不多辛苦了八年，才存了一筆足夠買房子的錢。

民國七十年，父親就用這筆錢在離蔥仔寮三公里遠的褒忠街上買了一棟二樓透天樓房。我印象很深，當時我騎著一輛比我還高的腳踏車，車後載著大水壺、衣架和衣服，我踩站在兩隻腳踏上，個子太矮，屁股搆不到座墊，車身左右晃擺，不斷發出水壺撞擊車輪匡噹匡噹的聲響，一路逆著北風往褒忠前進。大姊的腳踏車在我前頭，我爸又在我姊前頭，我哥騎太快早已經不見蹤影，他們車上後座一樣載了很多東西。這是當時我家的搬家車隊。

搬進新家，東西整理完後，母親煮好了飯，全家一起吃飯，父親喝多了酒，胡言亂語起來：「哈哈哈！我們家多麼幸福啊！哈哈哈！」大家搬到新家都非常高興，尤其是母親，她把廚房的流理台擦過一遍又一遍，潔亮無比，新廚房和蔥仔寮蟑螂老鼠橫行的灶腳相較，簡直天壤之別。

晚上，父親叫我拉下鐵門關好，我探一探外頭，心想如果外公和玩伴也都住在這裡那就更好了。

門開。

解嚴後，父親輾轉得知他兩個弟弟消息，趕忙寄信詢問母親近況，回信說祖母在文革時因爲大哥曾經當過國民黨政府職位，被劃爲黑五類給活活餓死，死之前還說：「如果根兒（父親小名）在的話，就是要飯，他也不會讓我餓著！」我看父親收到信後，有好幾天心情都不好，直到他休假時，帶著我到郊外燒冥紙給爺爺奶奶時，才傷心地留下淚來。

民國七十七年，父親踏上返鄉的路，這次回去距離他當時離家，一轉眼就是四十年。

父親從大陸回到褒忠後，每天埋首書桌前寫信，大陸那頭也經常來信，我後來有機會全部看完那些信後，才知道父親當時要辦三件事：第一件事是把我祖父母的墳合葬在一塊兒，寄去一千美金，四叔胡亂瞎搞一通，墳也沒葬在一塊，只找女婿們拌水泥重新整修一下。五叔來信，據他估計大概只花了一百美金，其他全被四叔中飽私囊。我爸得知，十分不高興。第二件事是想要買回已經被共產黨收爲國有又派送給好幾戶人家住的張家祖產——張氏家廟，先是父親叫大伯兒子寫好申請書，蓋齊了章，再來就是需要多少錢打通什麼關節，努力了一年多，最後什麼也沒要回來，父親既沮喪又失望。第三件事是寄錢去救我祖母和前夫所生的二伯的兒子的兒子，也就是我堂哥，他工作時不小心被高壓電電擊，傷勢嚴重，沒錢動手術，我爸火速寄了錢去救命。後來，居然親戚都生起病來，隨口編織來要錢，我爸漸漸心灰意懶，常常收到信就罵道：「媽咧個鼻，哪來那麼多錢，以爲我在台灣開銀行啊！」

門關。

接父親回到台北後，他越來越不能走，連去醫院都要用輪椅代步，即使還想回去褒忠也寸步難行了。每天和母親關在公寓內，除了坐在客廳看電視，就是躺在床上睡覺。母親常叫我：「看你爸是不是死啊，有睏啊久？」我湊進父親身旁，看著他胸膛起伏，才安心地做我的事去。

所以，每到假日我就帶他們出外遊逛，華納威秀看電影，百貨公司瞎拼，也到過陽明山、內湖、木柵動物園、烏來、碧潭、基隆、和平島等地，不過我知道，父親最想去的地方不是這些地方，他最想去的是他一手辛苦築成的——褒忠老家。可對周休二日的短暫時光而言，褒忠實在太遠了。

門開。

搬進新家後，父親就不再外出包工程，而是留在褒忠讓別的頭家僱用他當師父做領班，仍是每天早出晚歸，只有下雨天或颱風天才有空閒休息。過了一年，大哥國中畢業，上台北半工半讀；又一年，大姊國中畢業，上台中半工半讀；又一年，二姊國小畢業不想念了，跑去台中工廠當作業員。沒幾年，偌大的樓房只剩下我和父母三個人。父母親每日例行的爭吵聲漸漸地我越來越無法忍受，也沒有人可以相互傾訴安慰。終於有一天我忍不住了：「你們不要再吵了！」父親正在氣頭上，轉過頭指著我罵：「怎麼，我這麼辛苦賺錢給你吃好住好，輪到你來凶我！」「我才不要你的錢，我只要你們給我愛就好了！」父親忽然摔下手邊的碗，大罵：「媽咧個鼻！好！你有種，你不要錢，你滾蛋！不要回來，看你自己賺錢給自己吃去！」我頭一轉，二話不說，牽著腳踏車就離家出走了。

我沿著指標一直騎到台中，在路邊的貨車後櫃裡睡了一晚，隔天才找到大姊，一見到大姊，眼淚就汪汪地流下來，嗚嗚咽咽哭個不停。

門關。

等我考上高中，搬進宿舍後，同學們每天晚上都在抱怨，說宿舍設備有多爛多糟糕，早知道寧願住在家裡每天通車算了，我心裡卻滋滋樂著，因爲在這裡，我竟然找到長久以來渴求不得的和樂與寧靜，我居然能夠脫離每天都在吵架的風暴，逃到一個小小寢室當中，裡頭有大大的寧靜與安穩，這點感受，我那群親愛的同學們恐怕永遠無法體會。

從此，我就樂於流浪在外，鮮少回家，大學住台北四年，加上教書一年，總共五年，當兵去了金門兩年，扣掉年節，其餘時間回家的次數屈指可數。

然而，現在即便我有百般不願意，父母親還是上來台北和我同住了，而且我所擔心的事果然發生：「你是欲死了乎！」、「你這潑婦！」、「睏乎死，邁起食飯！」、「叫你鹽不要加這麼多，講不聽！」、「叫你物件毋通放這，你是死人講袂聽！」、「錢是天上掉下來，這樣亂用！」……又一次，我再度回到我最不願生活的情境——烽火之中，兩面不是人，經常遭殃，情緒失火，自燎燎人。

門開。

父親最後一次被救護車送走後，就再沒有回來了。腦幹出血讓他在人生盡頭極爲安穩地睡完，一點痛苦都沒有。很遺憾的只是他並沒有躺在他一手築成的城堡——褒忠老家。

我在五指山軍人公墓前，回想父親這一生，不就是在離家與回家之間，傷悲、喜悅、蒼老、遠逝，懷念著某一個家門，有時是江西黎川，有時是雲林褒忠，那裡頭或許有不少和他在眞實戰爭中一樣的砲火的爭吵，但那是他的家，那裡有他的母親、他的妻子、他的兒子、他養的狗、他種的樹，那裡有他的小小的安定和小小的幸福。

我燒完紙錢，念完大陸叔叔寫來的祭文：「骨肉分離四十年乃得團聚，人生契闊七十歲竟來哭兄。」然後，指著山腳，對父親說：「爸，看到沒，那棟灰色大樓的右邊一點點，黃色那一棟，我新買的房子就在那一棟，我和媽媽現在都住在那兒，有空記得回來看看。」

遠山腳下，城市裡千門萬戶，不都是這樣開門，關門，開門，關門的嗎？

相牛

這已經是第五次，父親帶我來這裡閒逛了。

父親從軍中退役後，領了一筆退休金，料想呆放在郵局裡也發不了什麼利息財，於是想轉投資，期望這筆小錢能多滾出些錢來，以便有足夠的錢可以買棟房子好安頓妻兒。當時約莫民國六十年初，父親回到外公住的蔥子寮，我們全家就寄住在外公的三合院裡。雖說有心投資，但鄉下地方能投資的物件著實不多，父親思前想後，最終決定把錢押注在一種動物上——牛。

是的，牛。當時，牛在鄉下可是了不得的東西，以蔥仔寮來說，凡家裡有牛的，都屬經濟狀況較好的，算一算全蔥仔寮也才不過三頭牛而已。鄰家無牛的人需要租借這三頭牛以利耕作的話，都得事先和牛主人談好條件，有時是交換幾袋花生、或數斗稻米、或幾斤番薯，牛主人才肯讓自家寶貝的牛從蔭涼的牛棚放出到別人田裡拉犁幹活兒。到了採收期，田裡攏集的稻米袋、花生袋、甘藷袋，更需要牛隻馱運，以免去人力揹負行走之苦。這時，牛便會拉出牛車到田裡運送農產品，我們幾個小孩經常就趁機跳上牛車，迎風招搖猶如小霸王似的。

父親決定買牛之後，曾仔細端詳過蔥子寮的三頭牛好一陣子，心裡多少有個譜了。才領著我到蔥仔寮外的大馬路上等台西客運公車，一路坐到北港，下了車往南走到溪畔一處空地，頓時望見千牛雲集，哞聲四下嘶吼，空氣中瀰漫著新鮮牛糞濃厚而略帶青草香的味兒，一坨又一坨的糞窩子還熱騰著煙霧。入得門來，人聲鼎沸，好不熱鬧。

父親說，這裡就是北港牛墟。

父親帶我同來，並非湊熱鬧，更不是希望我能提供什麼眞知灼見，主要的目的是充當翻譯。父親之前已來過幾回，心裡老惦念著大陸上的爺爺曾告訴過他的話：「大凡操遍千曲才能眞曉聲，觀遍千劍才能眞識器」，但一下子走進數百十隻牛角牛尻之間，原先在蔥仔寮仔細觀察三頭牛的經驗登時相形見絀，立馬亂了套，不知如何是好。就在無計可施之時，父親發現牛墟中有幾個人，手臂上都綁有紅布，各領著一些人到處看牛，他出於好奇也湊過去，另一邊馬上走來一個綁紅布的人，客氣地問：「欲買牛乎？」父親點點頭。「欲買哪一種牛？」父親一時沒聽懂，愣了半晌。「聽無？」父親又點點頭。綁紅布的回過頭去，對著其他同伴問：「有人會曉講阿山仔話無？」其他人彼此看看，都搖搖手，喊了聲：「沒啦！」

綁紅布的人攤開雙手，愛莫能助。父親只好自己走繞，一點主意也沒。

父親給這些人起了個渾號，叫做「相牛士」。在來的車上特地叮囑：「相牛士個個都是有眞才實學的，買牛不聽他們的意見，準吃大虧。可防人之心不可無，得防著他們和賣家串成一氣，魚目混珠，濫竽充數，結果花了大錢買了劣牛，不是賠了夫人又折兵？我們不靠他們，靠自己，但非得從他們身上學到功夫不行。到了牛墟後，他們知道我不會說台語，所以沒有戒心，你就裝啞巴不說話，不讓他們知道你懂台語，我們就湊在旁邊聽他說些什麼，你的工作就是把他們的話記牢了，中午吃飯的時候再全部說給我聽。」

我別的本領沒有，就記性特別好，這種小事還難不倒我。不過聽父親這麼一說，我知道他老人家至少說錯及少說一件事兒。在鄉下介紹牛隻買賣的人並不叫「相牛士」（難不成我外公仲介豬崽隻買賣，就得叫「相豬士」？），台語倒有個專稱叫「掮交仔」（聽起來像「牽猴仔」，寫起來也比較形象化些），這是父親說錯的頭一件。牽猴仔交涉買賣成功之後，通常買家和賣家都得包個紅包以示感謝，這規矩是我從外公那兒得悉的，父親是否想省點紅包錢，我就不得而知了，這是少說的另一件。不過，我們父子難得同台並肩作戰，也就各自放亮罩子，彼此心照不宣了。

父親倚在一群人的外圍，叫我擠進內圈裡去聽相牛士，不，是牽猴仔說什麼，只見牽猴仔在一頭牛身邊四下打量，時而彎身下探、時而輕拍牛身、時而比劃手腳，正滔滔不絕說著

（我中午就用國語向父親轉述）：「乳牛首重乳房，這頭牛的乳房呈漏斗形，比較不易感染乳房炎」「乳頭尖，榨乳量和速度都較其他形狀多且快。」「再看屁股，坐骨寬大，分娩容易，畜主不必協助分娩。而且坐骨低於腰身，受孕容易，出乳量也就源源不絕。」「看看蹄跟，厚實緊密，能承受本身體重，也就不易造成腐蹄，健康得很。」「總之，這是一頭好乳牛！」話一說完，只見許多人爭先恐後出價、買賣、銀貨兩訖。

接下來，以及後來父親又帶著我來過的三回，我們分別聽過了牽猴仔述說該如何辨別牛的種類與功能，以及藉由顏色差異、外表體格進而驗證內在個性的許多方法。就在我充當商業間諜樂此不疲的時候，父親已然完成了他的相牛筆記，而我間諜的地位也就馬上一落千丈，只剩下翻譯的小差事。這回，父親可要親自出馬，下海相牛、買牛了。

我後來有機會看過父親的筆記，剛開頭是一條總則，接著幾章各條論許多細則，最後還來上一段小結。總則這樣寫著：「凡相牛須五觀，一觀其精、次觀其體、三觀其氣、四觀其骨、五觀其性。精之神在目，目清則牛巧，目濁則牛鈍；體之要在頭，頭昂則牛健，頭俯則牛弱；氣之勢在聲，哞聲厲則牛多力，哞聲卑則牛乏勁；骨之格在身，身寬大厚實則牛壯，身瘦小嶙峋則牛虛；性之元在動靜，動靜得宜則牛溫馴，動靜失常則牛暴躁。」說穿了，這條總則除了文言一點之外，並無甚高明之處，一般會上市場買雞鴨魚蟹的主婦們，八九不離十都是懂得這個道理的。牽猴仔們的眞功夫實際上都保留在細則當中，爲顧及商業機密以及智慧財產權，恕我僅能稍稍透露一小則，譬如說〈相牛膝〉一條是這樣記載著：「三撫其尻（案：屁股）而牛不踶（案：踢打），此劣也。夫踶牛者，舉後而任前，腫膝不可任也，故後不舉。腫膝，不利耕，易患關節之害。」意思是說，凡牛被人摸了屁股，通常都會舉後腳踢人，此一舉動看似平常，實則大有學問，因牛一旦後踢會使全身重量頓時往前腳傾注，只有前腳膝蓋正常者才能輕鬆踢出，若前腳膝蓋不良便無法承受此一傾注，表現出來就是四腳不動如山，愛理不理的樣子。因此後腳能否順利踢出關係著前腳膝蓋關節的好壞，牛腳膝蓋好壞又關係到牛隻健康與否以及在田間耕作時的勞動力，因此不能不細察。筆記最後小結只有三句話：「執此以相，牛焉廋哉？牛焉廋哉？」翻成白話就是：用這些方法來看牛，牛哪還有什麼地方能隱藏得住呢？

父親在牛墟裡精挑細選，最後竟出人意表地選了一頭看起來瘦弱病厭的小黃牛，交易完成後立即連絡好貨車直接運回蔥子寮。

小黃牛來到蔥子寮後不久，父親幸運地在台南工地包到幾件板模工程，攜著母親便往台南工作去了。至於小黃牛日常餵養、清除牛舍雜役就落在大哥和我身上，我們倆經常在課後，牽出小黃牛到莊外空地吃草、順便吹吹風、看看夕陽。這樣過了二年多，小黃牛日漸長大，竟出落地異常精壯結實。父親趁從台南回蔥子寮的空檔，聯絡買家來看牛，看出得好價錢，父親便把牛賣了。買家來取牛的時候，大哥和我因和牛有感情，捨不得，邊牽著牛上車邊掉淚，一旁可以聽見父親得意地對買家說：「當初，我光看這頭牛就看了半個小時，發現這頭牛先天體質好得不得了，只是後天稍微失調罷了，現在你看看，果眞應驗了我的眼光，你能買到這頭牛也是福氣。」買家還頗有同感地頻頻點頭。

又過了許多年，工業極速發達，各種農耕機械取代了傳統器具，牛成了不急之務，沒有亦無不可，因此連帶牛墟蕭條冷清了好一陣子，乏人問津，沒多久也就風流雲散了。

後來，父親退休在家看著電視時經常會懷念起相牛士，時不時就對著我叨念著：「現在社會會這麼亂，就是沒人啊。也不是眞沒人，而是沒識人的人，你看北港牛墟裡的相牛士，哪個不是眞伯樂，要給他們瞧上一眼，」父親嘆了一口氣，接著說：「人焉廋哉？人焉廋哉啊！」

藥

我從小就充當父親跑腿，舉凡買菜、糴米、購雜貨、修補什物，無一不跑。跑腿講究機靈能幹，得隨傳隨到，要是主子呼令過三，尚無反應，保管挨罰，輕則警告，重責怒罵。也因此，造就了我眼觀四方耳聽八面的能耐。譬如說這會兒我還在巷弄裡和童伴渾然忘我地玩著捉迷藏，好生躲著敵人無跡可循，但這時要空氣中隱隱浮出父親的音頻，我必不顧死活三步併作兩步狂奔殺出，好在三道金牌招回之際及時趕回，接下將帥的最新命令：去買醬油、買牛肉、買水龍頭橡皮塞、買一切該買之物。總之，不負將帥使令，乃跑腿之天職。

跑買時，通常單騎一部腳踏車，迎風出家門，轉中正路朝鄉市集前進。腳程之快慢，得視買辦之物需索程度緩急而決定，若將帥親下庖廚急需烈油，不用多慮也心知片刻不得耽擱，則必操車如火輪，來去飆風迅雷，趕在鍋紅灶熱之際，灑上買回的清油，便利炒菜煎肉，方爲得令；若主子將睡未睡之際，囑咐購買油漆，以供傍晚髹漆牆壁用，則可輕踩踏板，先行前往電玩店旁觀流連，再繞遠路到心儀的女同學家門口徘徊許久，然後購妥漆桶，心滿意足回家。

跑買中，僅有一物緩急毋慮，此即買藥。跑買前，父親必親交一藥方，若囑令磨粉，則交單即退，俟三五日後再行取藥粉而回，中途免脫不得；若吩咐抓藥，則必靜待藥師一一備妥藥材，摺裹成包，攜帶返家，亦無緣混水摸魚。不過，還好，我還頗喜歡看藥師抓藥。

別小看褒忠鄉街上冷清，光是藥局便有四家之多，其中以清森藥局開店最久最爲著名，掌店者名喚陳清森，是日據時代畢業於東京大學的藥學士，在褒忠鄉算得上是一等一的人物。不過，父親還來不及和他攀上關係，我們就已經有了特約藥局，所謂特約，就是每次抓完藥後，先用信用掛著帳，說白些就是賒款，我們家清款不採周結、月結這種呆板形式，而是等父親發了工錢或手頭寬裕時才一次結清，相較之下就顯得瀟灑許多（當時我們另一家特約商店是雜貨店，父親規定我們一定要向白頭老翁頭家叫「阿公」，才算一定程度表現出應有的禮貌與教養）。父親有一回還相當得意地說道：「要不是我張炳榮信用好，誰敢讓這樣掛帳啊？」（我現在想想，父親那時候就已經懂得運用信用卡的觀念，也算得上有先見之明的了。）所以，我經常口袋空空出門，手裡握著一方藥單，剛開始還會覺得不好意思，時間一久，也日漸習慣。不過要偶爾讓我手裡緊握三、五張千元大鈔，奔往特約藥局清款時，看見老闆笑著臉說：「不急，不急嘛。」便會飄飄然，連帶回程踩起踏板也就格外輕鬆愜意猶如憑太虛御長風。

我家的特約藥局，就在家門往西走兩、三百公尺處，店名正和，老闆就叫林正和，圓臉素容，身材中等，取藥之時可見其手指飽滿紅嫩，光滑剔透，不用說也知道是好命之人，但凡回想一下父親模樣，面赤而近黧，手胼足胝，筋強骨壯——就知道這個世間不能凡事計較公平，人家的手是生來抓珍貴藥材，父親的手是拿來扛粗壯板模的，這要如何相比？正和老闆和我第一回照面時，看見密密麻麻的藥方，大驚，問：「這是誰開的藥單？」

我回說：「是我爸。」

「你爸在做什麼？」

「他做板模，是板模師父。」

「這是他自己開的藥單？」我點頭，心想這有什麼好奇怪的。

這的確不值得大驚小怪，正和老闆要親眼看見父親在家苦讀藥典的傻勁，就知道天下無難事，只怕有心人。做板模這一行，全靠老天爺臉色吃飯，只要太陽大爺肯露臉，莫不抓緊日光揮汗趕工，要是颱風下雨就得自動停工，待在家裡望雨興嘆。奇怪的是，父親在家時，除了看京劇、歌仔戲和八點檔之外，幾乎全窩在二樓書桌前戴副老花眼鏡專心研究藥典，藥典主以巫國想《漢方臨床應用全集》和中醫藥編整委員會編《中國醫藥臨床療方》四巨冊為主，佐以其他小本藥書以及報章雜誌上的祕方。每本書俱有畫線、圈點、眉批、夾注，朱墨爛然，韋編欲絕，可見用功之勤。我當時念國中還沒父親百分之一的認眞。不過，我多少也有些功勞，我們褒忠鄉街上的書局僅販賣文具，這些大部頭的書，都是父親從報紙上得知，匯款郵購取得。那派誰去郵局匯款呢？當然是我這個小跑腿囉。

正和老闆記性好，他能從背後繁多木櫃中準確無誤地拉抽屜、取藥材，逐一擺進預先鋪好的方紙，備妥全數藥材，再謹慎摺裹成包。期間，為貪看各式樣青黃皀白藥材、一嗅各道妍蚩濃淡氣味，我經常跪立在板凳上，巴望著一味又一味從藥櫃中神祕出現的藥材，嗅嗅聞聞、看看摸摸。正和老闆人好，每回都拿甘草片給我含在嘴裡，黃澀甘甜的滋味在口中暈開，生津回味，令人留戀無窮。

從藥局取回的藥粉都置入父親寢室桌上的灰色塑膠圓盒中，約莫有三五罐之譜，上頭各書有主訴症狀，或驅風寒、或理腸胃、或治跌打損傷、或強筋壯骨、明目提神，不一而足，儼然小郎中傢俬。至於取回的藥材，手續就比較麻煩些，父親不常煎藥，藥材大多置入擺在床鋪底下的大玻璃桶內，再由我向雜貨店阿公跑借一打米酒，開瓶倒酒浸泡藥材，彼時酒香四溢，藥味衝鼻，聞之飄兮恍兮，如在仙境。所藏藥粉乃父親上工前下班後早晚服用，藥酒則入睡前服用，偶爾寒流來襲，父親會讓我們兄弟姊妹各進一匙藥酒，酒至舌間一路溫熱經胸口終至胃囊，然後溫手暖腳，全身發熱，極為舒服，便於在寒冬中安然入睡。

照說在這種環境底下，要不耳濡目染嗜食中藥都難，偏偏我從小鮮少犯病，也就無緣一嚐眾藥高妙，好不容易捱到一回肚痛難耐，總算得以派上用場，只見父親不慌不忙取出藥罐，親啓瓶蓋，仔細舀出一大匙粉末往我小嘴裡送，我滿心期待著這朽幾載難逢的神奇滋味，豈料藥粉方才入口，隨即與舌頭、頰間唾液黏合，藥粉立刻釋放無比苦味，苦得我出汗冒淚，急忙討水沖灌，以解焦苦之急。不沖還好，這一沖更讓藥粉四處攻城略地，盤據整個口腔，並深入喉間，沖之不去，吞之不入，苦不堪言，最後，竟反射性地噁嘔，嘔出一地穢物。

這一吐，就把我吐出了父親的漢藥世界。

比方說，我還沒吐藥前，父親經常故作玄虛說道：「口舌滋味盡匯於此，大凡藥材分辛、甘、酸、苦、鹹、淡、澀七味，辛味用以發散、行氣、補養；甘味用以滋補、和中、緩急；酸以收斂、固澀；苦以瀉火、躁濕；鹹以瀉下、散結；淡以滲濕；澀以固止。味各有所主，逾越不得。一劑之中，或單行一味，或間雜三五，全憑一心，為窮盡各味，有時濃淡之間可變化萬千。」聽聞這些話常惹得我遐想不已，但也就在我吐藥之際，父親像嘆息朽木一般，搖著頭說道：「這麼一點苦頭吃不了，以後還能嚐什麼深刻滋味？」

又比方說，父親老愛講：「用藥如用兵，辨疾之陰陽、表裡、寒熱、虛實如料敵之多寡、明暗、強弱、大小，有時必須對症下藥如直搗黃龍，有時又必須內外調理如裡外夾攻，有時則必須左病右治、上病下治如迂迴轉進、旁敲側擊。」聽這話的當頭，我經常想像父親是個縱橫沙場的將軍，我呢，則是將軍帳下機靈能幹的跑腿，專司叱吒吶喊以爲調兵遣將，好攻敵克勝。不過，吐藥後，父親便不再與我囉嗦這許多，經常直接破口大罵：「媽咧個屄！叫你買個藥，有種還跑去打電動！」或者是：「年紀這麼輕，學人看風流片！」或是：「你書讀不好，都是因爲懶！」然後我免不了被賞在臀上幾鞭風火。如此一來，父親儼然成了暴君，在暴君脾性下跑腿，再也現不了狐假的虎威，能於夾縫中求得一絲生存，都算無比幸運了。

不過，小跑腿終究會長大，暴君終究會老去。這轉折處，就在北港媽祖醫院的醫師宣判父親的腎臟衰竭了，必須依賴洗腎維生，而致病原因極可能是亂吃藥物所造成傷害。於是我接手繼承了暴君所有權力，下達第一道禁令，嚴禁他再吃任何中藥，湯、散、丸、膏、丹、酒、漿、劑，一律不許服用——要很多年以後，我才恍然我已變成另一個新暴君。

當時，我剛從金門退役，接父親北上同住，父親像敗戰受俘的君王，鬱鬱寡歡，生活起居任憑發落，於是我用西藥直接接管他日益衰敗的身體，逼他早中晚服用，藥方有小白錠VITAMIN COMPLEX，補充洗腎流失的營養；大白錠MADOPAR，專治帕金森；黃色圓錠PEPTIDIN，是胃藥；DIPHENIDOL，乃偶發暈眩時所用。受俘的君王得照表吃藥，不得忤逆抗旨。

有一兩年時間，前朝舊王倒也安分，乖乖服藥，沒做太多抱怨。但洗腎過程會逐漸有許多毒素殘留，通常累積在皮膚上，以至於舊王渾身發癢難耐，四下搔抓，越抓越癢，到後來抓到破皮，舊傷未癒，新傷又起，渾身血跡斑斑，見者不忍多睹。醫生開了小紅錠止癢藥CLEMASTINE，一吃果然奏效，舊王終於可以安心入睡。不料此藥副作用極強，有鎮靜效果，舊王原患帕金森氏症行動不便，一覺醒來，沒走幾步，便踉踉蹌蹌撞上地板，頭、手、肩、腳各有傷處，血流滿地，鬧了好一陣子折騰。之後我索性不讓吃止癢藥，要舊王忍耐，「癢」總比「頭顱受傷」好些。舊王後來受不了了，認真地跟我商量：「這癢在表症，可見毒性不深，你拿筆來，我這裡有帖藥方，你幫我抓藥來。」我一聽，氣憤異常，大聲吼他：「你還吃！你的腎就是這樣吃壞的！我不可能再給你抓藥的！」舊王氣得直閉眼，跺腳，空揮拳頭，焦急地嘟嚷：「唉！你懂什麼！這是中毒啊！」

這無疑就是父親以前常說的用藥大忌：相反——兩種藥物配在一起引發毒性或劇烈副作用。我和父親配在一起，就像甘草配上甘遂，肯定會出現胃部膨脹、鼓腸等嚴重反應，兩味彼此互不相讓，最後落得兩敗俱傷。不過父親這味猛藥，還是有人可以治他，那是我素未謀面的爺爺，他們倆的關係就像配藥時的「相畏」——某一藥物抑制另一藥物的劇性。我爺爺經常領著年幼的父親鑽進江西黎川的大小山脈，到深山大壑裡去尋訪藥材，摘採回來泡製成膏丸散劑，利於相診開方、懸壺濟世。父親對爺爺那是佩服得不得了，他經常舉這個老例子，說黎川城有陣子鬧眼疫，患者莫不目睛充血、眼瞼潰瘍，嚴重者視力受損，幾近失明。

爺爺趕緊開單煉丸，全部免費醫治，一時間患者絡繹門戶，好不容易前後忙碌了一個多月，才總算把這場可能失控的流行眼疫給平息下來。說這些話的時候，父親語氣乖順柔和猶如一名未經世事的小毛頭。

只是小毛頭也會長大，脾氣會變暴躁，身體會出狀況。

洗腎洗了三年，父親右臂上的人工血管堵塞，得進開刀房疏通，三疏五通之後仍沒沒疏成，必須重新開刀埋設一條新人工血管，手術排在三天後。開刀前一天，我一早有急事得下台南開會，千萬囑咐在病床上的父親不要任意行動，有什麼事情儘管吩咐護士小姐，晚上開完會我就會搭飛機回來。原想一切安排妥當，不料我才剛下台南機場，警察就打電話來：「請問張炳榮是令尊嗎？」

「是啊，有什麼事嗎？」

「令尊剛剛走到一家店門口，走不動，坐在門口直喘氣，低著頭不說話，店家只好報警幫忙，我們問他，他才告訴我們你的電話。」

「不好意思，我現在人在台南，我待會兒請我大嫂去接他。」

我拜託警察讓父親聽電話，立刻氣呼呼地凶他：「不是叫你不要亂跑嗎？怎麼還跑出來，這不是叫我擔心嗎？你怎麼講都講不聽！」父親沒答話，手機裡全是我氣憤的咆哮聲音。

回到台北後，看見大嫂隨侍在父親病床，說說笑笑，好像沒發生過任何事似的，原先鼓脹的怒氣頓時消餒，苦笑一聲，莫可奈何，便立在一旁看著父親開心地聊著天兒。

隔天開完刀，一切順利，但洗腎不能中斷，新血管又不能馬上使用，醫生便從大腿內側股動脈插管以便透析血液，好不容易洗完全程。之後卻意外引發腦幹出血。父親，我「相反」的暴君，駕崩了。

籌辦喪事第三天，有人打電話來找父親，我問：「有什麼事嗎？」

「他訂的東西好了，麻煩請他來取貨。」

我依照電話中所留地址來到一家店門口，老闆知道來意後，取出一罐藥粉，說：「這是老先生訂的蜈蚣粉，很少人用這味藥，所以拖了幾天。」

我問老闆：「這藥作什麼用？」

老闆答說：「內服可熄風鎮痙、解毒，外敷可治皮膚潰瘍、舌蟲咬傷。」

我付款取回藥粉，坐在車裡打開藥罐，嗅嗅聞聞，看看摸摸，藥粉勻細、腥味衝鼻。我閉著眼，想像父親趁我南下台南，一個人拖著沉重身軀偷溜出醫院，走走停停，勉強來到這家中藥鋪，滿意地下單訂藥，卻因體力不支，無法走回醫院，完成一場完美的跑腿工作。是啊，跑腿工作，這不是我從小到大的活兒嗎？幾時跑腿兵卒變得如許嬌惰，還讓將帥親自出馬，作出自己絕不擅長的跑腿作活？甚至還流落道旁，蒙人垂救。我在車中，望著蜈蚣粉，淚珠一顆一顆掉，幾滴和入藥粉，攪成一團，心情也攪成一團，然後，痛哭失聲。

出殯前一晚，我還在台北市各家書店焦急地衝撞找書，直到深夜，才在京華城誠品書局尋獲巫國想《漢方臨床應用全集》上下兩冊，並多買了幾本醫學叢書。

出殯當天，我把書放進父親棺木中，靠在父親耳畔仔細叮嚀：「爸，你原先作滿筆記的藥書，我留下來當傳家之寶了，我另給你買了一本新的，你以後重讀這本書之前，一定要先看另外三本西醫保護腎臟的書。這樣，下輩子我再給你跑腿，肯定會忠心耿耿，不敢造次。爸，記好了，先看保護腎臟的書，再看藥書喔！記好了喔！記好了喔！」

醫院史

我從小在蔥仔寮長大，自懂事以來，還不知道人是會生病的。這也難怪，我們蔥子寮左鄰右舍、近親遠戚，上至爺公叔伯、姑奶姨嬸，下至堂表兄弟姊妹，也沒聽說過哪個曾經身體微恙抱病在家休養的（可能連感冒都沒有），長輩們哪個不是天還沒亮就得到田裡摸草幹活的，個個身體精壯得像牛一般，從他們拿竹條修理人的身手就可領會一二。不過，農事難免偶有筋骨損傷，這時候祖傳專治跌打損傷的接骨師父蕭大伯，便在農閒時幫大家推拿接按，也不收取任何費用。要有哪位姑姨懷孕即將臨盆，我們有柑仔店契仔嬸會負責接生，小孩出生時哇地一聲，全蔥仔寮原先捏著一把冷汗的人都鬆了一口氣。要有哪位高齡長輩臨到壽該終了，也都在三合院的祖廳裡嚥下最後一口氣，全蔥子寮的人都趕來幫理喪事，殯斂出山入葬之後還會熱熱鬧鬧地舉辦筵席好好吃上一頓。說也奇怪，在蔥仔寮就沒見過國小課本裡出現的白袍醫生。

自從父親在褒忠買了新家，搬離蔥子寮後，我才眞認識了和醫生有關的怪行業——密醫。民國七十年間，我轉學到褒忠國小重讀一年級，一直讀到褒忠國中三年級爲止，近十年時光，褒忠街上和醫療有關且領具牌照的只有藥局藥師和衛生局護士，正牌醫生可能嫌褒忠小客源少掙不了大錢，沒人願意來此開業問診。但是，褒忠人畢竟和蔥仔寮人不同，難免偶爾有些小病痛，病痛投醫是天經地義的事，沒正牌醫生可看，褒忠人倒也相當樂觀，無魚蝦也好，密醫也是醫，有看總比沒看強，也因此密醫總也屹立不搖、生意蓬勃。通常密醫都相當低調，問診處就隱居在小巷裡，外頭沒有任何招牌，大廳表面上只是車庫，停著一輛車（當時在鄉下有車可是代表著身分地位），一走進後廳才會發現人聲鼎沸，噓寒問暖的鄉人正扶老攜幼井然有序地排著隊候診。

我們家偶爾也會造訪密醫，我們常去的那家當然也沒招牌，掌事的密醫鄉人都叫他阿輝仔，他的診所就在中正路街上，照例前頭也是車庫，阿輝仔就在車庫後坐班問診。父親平時都是自己抓中藥來固氣養身，但因長期在工地上舉釘板模，日日使筋蕩骨，久而久之，腰痠背痛隨之纏身揮之不去，平日輕微發作就叫我拿萬金油好生推壓按摩一番，以解痠痛之苦；但天冷時節一到，腰痠背疼猛烈發作起來，雖然父親嘴巴不說，但從他愁眉皺臉看上去也知道他渾身難受。眞忍不住了，他就會騎光陽五十到阿輝仔那裡「注一筒消炎仔」，回來之後，立刻生龍活虎，不是埋頭讀藥典、看京劇，就是給我說點書、順道訓訓我如何不長進。

父親偶爾會這樣感慨地說：「你以後用功讀書，當個醫生多好！不用像你爸這樣，唉……」我後來知道，一支消炎針打在身上就耗去了父親半天的工資——四百元，也難怪父親會這麼計畫——這種輕鬆賺錢的活兒要給自己的兒子撈著了豈不幸福？

民國七十五年，距離褒忠鄉南方十幾公里的北港，蓋了一座大型醫院，一般俗稱北港媽祖醫院，原名是中國醫藥學院北港附設醫院，媽祖醫院落成在當時可是一件大事，鄉人早期盼了好一陣子，從得知破土動工那天開始，鄉人就眼巴巴地等著，得空就特地到北港參觀一下興建中的醫院外觀，順便品頭論足一番。醫院正式營運之後，褒忠人心裡都知道此後除了褒忠以東十幾公里的虎尾聖若瑟醫院之外，又有了一個新依靠——即使平常也沒機會去，但心裡總覺得安心踏實。幾年後，讓褒忠人更感動又驕傲的事情發生了，居然有人要在偏僻的褒忠鄉蓋醫院，地點就選在中正路街底的農田上。這下子大家心裡又更踏實了，很快地醫院落成營業，有模有樣地五樓三拼建築，麻雀雖小，五臟俱全，該有的基本醫療設備一應俱全，裡頭雖然只有家醫科出身的林貢虎醫師主診，但他正規的醫學訓練絕不是密醫們所能望其項背，眞正開始了守護褒忠鄉人健康的偉大任務。但說也奇怪，三仁醫院開診後，大家還是經常光顧密醫診所，原來小病給密醫也是治得好，差別就在費用比較便宜。漸漸就演變成中病才給三仁醫院治，小病就給密醫看，要是大病就得轉到媽祖醫院或聖若瑟醫院，這和現在的醫療分級沒啥兩樣。（密醫後來眞正消失匿跡，得到健保之後，正規診所只收掛號費，密醫就無利潤可言，久而久之自然就關門大吉了。）

三仁醫院開診以來，我們家還不曾有人去過，因爲沒人生過病，現在回想起來，我們全家還頗爲爭氣，身體不鬧事，也就替父親節下不少錢。

倒是大哥在台北半工半讀，有一回騎機車與小客車發生擦撞，右邊肋骨斷成幾節，被送進板橋亞東醫院開刀治療。父親得知後，便派我前去照看，他先是叮囑當時剛升上國一的我怎樣坐台西客運到斗六車站，怎樣轉搭火車至板橋車站，然後又畫了一張從板橋車站到醫院的地圖給我，命我按圖索驥，不能出錯。我到了板橋車站後，問好路，便埋頭向前走，走了許久還見不著醫院，便又問人，路人答說：「還在前頭。」接著又反問：「你爲什麼不坐公車？還很遠呢！」我答說：「我爸說用走的就會到了！」結果我走了將近一小時才到了亞東醫院。

這是我第一次充當看護，其實還滿開心的。大哥時不時就和前後房病友湊在一起玩十三支，我在一旁看得不亦樂乎。加上亞東醫院正對面是個遊樂場，還有個在鄉下從沒見過的游泳池，我每天在八樓窗戶邊眼巴巴地望著藍色泳池和裡頭的泳客發呆，想像自己可以悠游其中的感覺。在病房裡也沒什麼事，吃飽睡，睡飽吃。不多久，大哥出院，還騎機車載我到板橋夜市吃冰。

又過不久，大姊在台中半工半讀也因盲腸炎而開刀住院，父親又派我前往照看。照例是畫張地圖給我，叫我自己坐車前往。這是我第二次當看護，除了第一天晚上麻藥剛退，大姊哼哼啊啊叫痛之外，其他時間都算相當輕鬆愉快。我還因此養成一個怪習慣，一聽到救護車鈴聲，便急急忙忙從二樓病房奔出，趕到一樓急診室，看各式各樣被送進來的人的傷勢。一回生，二回熟。照理說，有了兩回看護經驗，應當熟能生巧了，但真遇到狀況了，竟全不濟事。

父親第一次造訪三仁醫院是讓救護車給載進去的。我和阿母聞訊後趕到醫院，只見父親躺在急診室病床上，臉和身體各有多處開放性傷口，林貢虎醫師正在剪破衣服、擦藥消毒、縫合傷口，阿母一看父親渾身是傷便心疼地放聲大哭，我雖說已經當過兩回看護，但也只能手足無措地在一旁默默流淚，完全派不上用場。反倒是縫合完傷口的父親笑著安慰我和阿母說：「未死啦！不通咯哭囉。」

父親年紀老大還在工地上打拚，也因此意外頻傳，有時從高樓墜落、有時自己騎車撞上電線桿、撞上沒有燈光的牛車，經常三不五時就被送進三仁醫院急診。但父親住院很不安分，絕不超過三天，即使醫師苦口婆心勸他要觀察一個禮拜才行，他也堅持要自行出院——後來我才知道，父親壓力其實很大，他算計著住院一天加上少賺一天的錢，一分一毫都算得他輾轉難眠，無暇安居——沒多久，他又上工地，沒多久，又被送進三仁醫院，就這樣惡性循環，周而復始。

早先父親身強體壯時，我只有挨罵和受腰帶皮鞭的分；慢慢地，他不敵歲月催迫日漸衰老，終至必須時常與醫院爲伍，我便成了陪他遊走各家醫院最親密的看護。

三仁醫院檢查出父親心搏速之後，很婉轉地建議應該轉院，我們就在過年前來到虎尾聖若瑟醫院。檢查之後，又診斷出左耳內生有珍珠瘤，是造成暈眩及流膿的主因；又說父親有氣喘，急忙在鼻孔裡置入氧氣呼吸器。醫生評估說心臟要先開刀治療，否則心搏速會造成心臟衰竭。但當時還沒健保，開刀可是一筆不少費用，於是父親決定轉診台中榮總，因爲父親是榮民，治療費用全額減免。

我們搭救護車到台中時，正巧是大年初一，急診室醫師看了轉診單，安排好病床，我們便遷入病房。隔幾天，父親被送入手術房進行心導管手術。手術完，左側大腿動脈傷口有一包小沙袋壓住，護士千萬交代：不可以讓沙包掉了，動脈血會噴出來。我小心翼翼地扶住沙包，深怕父親一個翻身不小心就掉下來。老天保佑，傷口順利在兩天後就止住血，不過原先一個禮拜就能出院的療程，卻不知何故一直拖了近半月，父親有一天突然像小孩子一樣鬧起彆扭，直嚷著：「我要出院！我要出院！」我好勸歹勸不止，後來受不了，便凶他：「你病還沒好怎麼出院？」「不管！我就是要出院。」「你要有什麼三長兩短怎麼辦？」父親急忙喊道：「我就是會死，也要死在家裡！」還好老天一樣保佑，得以平安順利出院，父親回到家後便很快恢復過往堅強個性，極其短暫彷彿小孩鬧脾氣的時光從此消失無蹤。

又沒幾年，父親右眼患白內障，當時我已經在台北讀大學，父子兩人相約在台中榮總碰面，照例是我充當他的看護。手術前，護士說明手術過程，並把睫毛給剪除了。回到病房，我怕父親聽不懂還特地重新解說一遍，父親聽完也沒說什麼，感覺就像一個縱橫沙場的人面對小風小沙早已無動於衷。手術完成後，我們住了兩天就出院了。又過幾年，父親左眼也患白內障，只是這時候已經有了健保，我們不必千里迢迢再到台中看病，而是直接到附近的北港媽祖醫院掛號，並且隨著科技日新月異，白內障手術不像過去麻煩只消劃開一小傷口，完全不用住院，可以當天往返。

也才不過幾年時間，父親左手會不自主地顫抖，表情也逐漸僵硬。這天他照例上二樓給神祖牌位點香，我在一樓忽然聽到樓梯間傳來一串骨碌碌爆響，心知不妙，衝到樓梯一看，父親已經斜躺在樓梯轉角平台上，意識模糊不清。我趕緊電招救護車，急送三仁醫院，三仁醫院建議轉送媽祖醫院，媽祖醫院建議轉送更大醫院，於是我們火速轉往台中榮總。榮總急診室醫師一邊排做X光、超音波等檢查，一邊照例詢問病人病史，我滾瓜爛熟地說：「我父親曾經開過心導管手術、兩眼都開過白內障手術、有氣喘、左耳內有珍珠瘤，沒有高血壓、沒有糖尿病。」檢查結束後，醫師說：「目前看起來並無大礙，但得留院觀察幾天，會跌倒是因爲帕金森氏症所造成，我會開些藥讓他吃，可以改善手顫狀況。」當晚，我們就在榮總急診室過夜。不料，到了半夜，原先昏睡的父親突然醒過來，還一直嚷著醫院有炸彈，隨時都會爆炸，急著吩咐我告訴大家趕快疏散。我反勸他早點休息，不要亂說，他怒斥我不懂事，都什麼時候了，還不趕快救人。然後他忽然從擔架病床上坐起來，大叫：「有炸彈，大家快疏散！」原本偌大而寧靜的急診室，還醒著的人都嚇了一跳，紛紛投來異樣的眼光。我皺著眉頭低聲告訴父親：「哪裡來的炸彈，你不要胡鬧啦！」父親見大家沒反應，急忙下床（我苦勸不止），走到護理站要護士小姐疏散病患，並且越嚷越大聲。醫生趕忙看了一下父親病例，叫護士抓住父親，打了一針鎮靜劑，父親才安靜下來，被抬回病床，沉沉睡去。醫師解釋道：「先前給令尊吃的帕金森氏症的藥，藥效作用都在腦部，有些人會引發過躁症狀，藥效過了就好了，不用擔心。」老天保佑，這一次的摔傷，除了皮肉傷之外，並無大礙，沒幾天，我們又順利出院了。

我大學畢業，教學實習一年後，應召入伍，手氣極佳抽中外島籤，去了金門。當時在外島服役，兩年僅能返台四次，每次八天。頭一年，父親身體還算平靜，沒鬧什麼大病痛，我把休假都消磨在台北和好友們廝混；次一年，父親因昏倒被送進北港媽祖醫院，檢查出腎功能慢性衰竭，瀕臨洗腎地步，此後便時不時因體內毒素遽增，加上帕金森氏症宿疾造成的行動不便而昏迷跌倒，經常嚇得我阿母膽顫心驚，三天兩頭叫救護車進急診室。最終，仍免不了洗腎命運。只是北港媽祖醫院並沒有腎臟外科，醫師建議到彰化秀傳醫院埋設人工血管。父親便和阿母兩人相伴到彰化開刀。當時我還在金門當兵，這是唯一一次不是由我負責照看。

然後我剩下的返台假都顯得非常及時，正巧都碰上父親因昏倒撞傷而住院。休假八天，每天二十四小時都耗在媽祖醫院，我已經記不得我們父子倆當時都說些什麼話，還能回憶起的不外是擁擠的空間拉著黃色帷幕隔開的四張病床、病房裡的藥水氣味，而父親躺在床上，我坐在躺椅上覷著他，窗外射進來嘉南平原常見的燦爛夕陽餘暉。

父親開始洗腎是從媽祖醫院開始，醫院會派專車來家接送。洗腎分早、中、晚三班，每周三次，每次四小時左右。我退伍後，距返校報到日有一段空窗假，就陪父親到醫院洗腎。護士小姐有回私下對我說：「洗腎其實不太舒服，不過你爺爺很勇敢，都沒叫過痛。」我笑出聲，跟她說他是我爸，不是我爺爺，護士急忙道歉，我同父親說，他也笑了。

假期結束前，我先上台北，和大哥租好一間房子，並且聯絡好市立萬芳醫院洗腎事宜，便把父母遷來同住。此後父親便在萬芳醫院洗腎，我呢，就每天上午教書、下午到研究所修課、晚上送父親到醫院洗腎。有時碰上撞傷或感冒住院，晚上還得睡醫院，碰到這種情況，幾乎每天疲於奔命。

父親在萬芳醫院洗腎洗了兩年多，才因人工血管堵塞，重新開刀導致腦幹出血而故去。

父親過世之後，我偶爾會回想起過去睡在他病床邊的小床時光，那小床隨著醫院不同而有不同款式，大小寬窄舒適與否也有天壤之別。只是有一天，我忽然想得更深，猜想著父親會不會因爲我陪睡在他身邊而感到特別安心？會不會當他睜開眼就瞧見無論是正在看書、聽隨身聽、睡覺或者也正巧望著他的我——他的兒子——就在他的身邊而感到不孤單？他會不會因爲隨時都可以在病床邊對我再三告誡、或者對我大發脾氣而感到享有父親應得的尊榮？會不會因爲偶爾也同我聊聊天而自覺已展現出父親應有的慈愛？如果這些問題都能獲得父親一點點肯定之處，那麼，我在小舟般的小床陪伴時光，竟都充滿著父親的愛，與喜悅。這就好像他派我去醫院照看大哥、大姊的心意相同，他擔憂他受傷開刀的兒女，但他又無法拋去養家責任，還得去工地掙錢，所以派他的分身去，即使他也知道小兒子不濟事，幫不了忙，但他想要傳達不就是透過一個小兒子表現出父親的關愛之情嗎？

只是當我細細描繪父親的醫院史，仍不免有所感傷，雖然我們的確遇到不少好心腸的醫生、護士，甚至是好心的同房病友，也因此造就了我和父親另一種溢於言表的病床感情。但是，會有誰住院之後不想出院呢？父親口中的好人辜振甫先生最近也過世了，報紙上說辜老臨終前曾向醫師表示想回家走走，醫師卻堅持過一陣子病情穩定後才回家比較好，只是這一阻擋就成了永遠的遺憾。我看到報導之後，才深深感傷起來，父親在住院之後，經常嚷著要回家，「就算死，也要死在家裡」，他或許沒有辜老的優雅修養，但內心的焦急可能都是一樣，他們或許都想和蔥子寮的村人一樣，在自己的祖廳堂裡嚥下最後一口氣，不希望有多餘的插管搶救，然後村人可以來幫理喪事，簡簡單單，樸樸素素，喪事完畢之後，大家還歡歡喜喜吃上一頓，這樣最最完滿。

說書人老張

有時爲了作研究翻揀到孟元老《東京夢華錄》追憶瓦肆雜耍的「京瓦伎藝」一節；或者閒讀雜書閱及黃宗羲〈柳敬亭傳〉、張岱〈柳敬亭說書〉寫柳麻子如何由「獷悍無賴」到拜習儒生莫後光學講說書，自個兒經常「凝神定氣、簡練揣摩」讓他一開口便「能使人歡咍嗢噱」、「能使人慷慨涕泣」一路精進到「未發而哀樂具乎其前，使人之性情不能自主」的至高境界，又寫柳麻子如何能扣住聽眾耳朵，如何揚眉瞬目地縱橫書場；又有時在課堂上教到劉鶚《老殘遊記》第二回〈明湖湖邊美人絕調〉，黑妞「歌喉遽發，字字清脆，聲聲宛轉，如新鶯出谷，乳燕歸巢」，白妞王小玉「啓朱唇，發皓齒」聲音彷彿在群山中千翻百轉，「愈翻愈險，愈險愈奇」，最後迸作一道煙火，「化作千百道五色火光，縱橫散亂」。又有時只是不小心讀到羅智成的詩〈說書人柳敬亭〉，或意外看見電視頻道裡的劉三講古，甚至只是開車途中聽見廣播裡的張大春在說書，我就會想起老張來。

老張其實沒那麼神，充其量他也衹會照本宣科而已，這還不打緊，說書最起碼得依情節起伏來點抑揚頓挫吧，可他不會，一逕輕描淡寫，就只會約束我認眞聽好，保准將來能聽出些竅門來，我偏不信，哪一回聽他說書說到後頭不是快說不下去一樣喃喃自語起來，完全不管我聽得眞切不眞切。

老張說了幾遍《水滸傳》給我聽過。柳麻子也講《水滸傳》的，據張岱親耳聽〈景陽崗武松打虎〉，人家柳麻子是這樣子說的：「哱夬聲如巨鐘，說至筋結處，叱吒叫喊，洶洶崩屋。武松到店沽酒，店內無人，驀地一吼，店中空缸空甓皆瓮瓮有聲。」老張哪來那種開口叫喊的勁兒，連武松打虎這樣精采的段子，都被老張說得活像武松欺負了一隻小貓。武松在《水滸傳》二十二回從宋江那裡接下故事的棒子，到三十一回才又交還宋江，中間整整十回，除去兒童不宜的「王婆計啜西門慶，淫婦藥鴆武大郎」一回，誰都知道精采的肯定是武松打虎、鬬首西門慶潘金蓮、醉打蔣門神和怒殺張都監，接連幾回可說是怒氣沖天、殺聲騰騰、高潮迭起。可老張只愛二十二回武松打完老虎之後意外得了個步兵都頭頭銜的最末四行，講到這裡，他的聲音才彷彿活過來似的，眞正融入書中人物，有了抑揚頓挫起來。那幾行是這樣：「那一日武松走出縣前來閒玩，只聽得背後一個人叫聲『武都頭，你今日發跡了，如何不看覷我則個？』武松回過頭來了，叫聲：『阿呀！你如何卻在這裡？』」等老張說到這兒的懸疑，我精神就來了，因爲懸疑一到表示要更回換目了，聽畢一回我便可以堂而皇之開溜戲耍去也，果不其然「畢竟叫喚武都頭的正是甚人，且聽下回分解」已經出現，如往常般我邊候著老張闔書揮手示意讓我離去，邊踮直著腳尖準備奪門而出。可這回老張頭也沒抬，書也沒闔，只再扶高老花眼鏡，就又繼續往下開講；「第二十三回，王婆貪賄說風情，鄆哥不忿鬧茶肆」我心頭頓時冷了半截，怎得？今天要講兩回啊！就在我心灰意冷之際，老張忽然高亢起來，一字一句，吞吐抑揚，急徐輕重，都恰到好處，語調又找截乾淨，不拖泥帶水，完全不類前幾回樣貌，直叫人誤會他把武松打虎的功夫錯擺在這上頭了。二十三回有什麼值得這麼鄭重其事？不過是揭露叫喚武松的是何許人也的謎底罷了，需要這麼大驚小怪？只見老張一臉正經地說著：「話說當日武都頭回轉身來看見那人，撲翻身便拜。那人原來不是別人，正是武松的嫡親哥哥武大郎。」然後老張不得了了，居然還擬腔擬調的學起武松那雄渾的聲音說：「一年有餘不見，如何卻在這裡？」轉口又換成矮聲矮氣的武大聲調說：「二哥，你去了許多時，如何不寄封書來與我？我又怨你，又想你。」於是老張的臉紅了起來，像有千百斤的氣力從喉間吼出：「哥哥如何是怨我想我？」然後又接著仿模三寸丁骨樹皮武矮子的口氣幽幽埋怨道：「我怨你時，當初你在清河縣裡，要便吃酒醉了，和人相打，常時喫官司，叫我便要隨衙聽候，不曾有一個月清靜，常叫我受苦：這便是怨你處。想你時，我近來取的一個老小，清河縣人不怯氣，都來相欺負，沒人做主；你在家時，誰敢來放個屁；我如今在那裡安不得身，只得搬來這裡賃房居住：因此便是想你處。」

說到這兒，老張便滿意地摘下眼鏡，闔上書，揮手示意要我滾蛋，我像受了武大郎的救命之恩似的，劍一般地射出大門，飛馳戲耍去也。

老張一年到底都理著大光頭，夏天時喜歡單著一條白色寬鬆四角內褲，赤膊著上身，露出黝黑的胸膛和厚實肌肉，坐在客廳窗戶邊木椅上給我說書。斜照進來的幾束陽光射在他光溜的頭顱，閃閃發著白光，我經常錯覺他就是書裡頭的魯智深。可偏偏魯智深自我介紹時，語調經常氣若游絲，貧乏無勁，活像個奄奄一息的老夫回首當年風光，原先能倒拔垂楊柳的那個花和尚猛可成了手無縛雞之力的文弱書生。老張回想著他在第二回與史進偶遇於渭州茶坊，如何一手把故事重心攬在身上，如何在第三回不小心打死了屠戶鄭關西；第三回逃到五臺山文殊院落髮，順便喝點酒鬧點事；第四回「脫得赤條條地」在床上掄起拳頭對小霸王周通說點因緣，熱鬧熱鬧一下桃花村；第五回和史進聯手殺了生鐵佛崔道成和飛天夜叉邱小乙；第六回小露一手把一株綠楊樹帶根拔起；到第七回才肯把主角讓出交給了林沖，下到書場外，暫且休息養氣去了。

林沖上場時，老張也不顧念一下人家林師兄可是東京八十萬禁軍槍棒教頭，好歹給添些生氣嘛，不，他仍一如往昔「像遠去的船，船邊的水痕，都是微微的了」輕描淡抹下去。林沖可是受了天大的冤屈啊——受奸人陷害誤入白虎堂、刺配昌州道，還險些在野豬林慘遭毒手，好不容易在草料場安了身，奸人又來逼迫相害欲斬草除根而後快，好在蒼天有眼讓林沖躲過了這場無情火，瞠目吡舌地手刃了那個無恥賣友小人陸虞侯，最後在走投無路之下，只得於雨雪霏霏之際夜奔梁山，落草爲寇了——冤屈之大，可謂昊天罔極。老張對連番襲來揮之不去的橫逆並不感興趣，但他對林沖也不是全然無動於衷，只在一處，他的聲調有了變化，時而悠遠、時而沉重、時而縹緲、時而坎陷起來，很是不對勁。那是在第七回剛開始林沖罪行定讞之後、刺配臨行出發之前，林沖在州橋下酒店裡執手對著丈人說他橫遭禍事，刺配倉州今後生死存亡不定，恐誤了自家妻子前程，要明立休書，任從改嫁。一旁岳父再三溫言相慰，只道明日便將女兒接回，三年五載依舊夫妻完聚，要林沖不要多心。林沖硬是堅持，三推五阻之下仍寫定了一紙休書交與泰山。這時老張的口氣越發激動起來：「只見林沖的娘子，號天哭地叫將來。女使錦兒抱著一包衣服，一路尋到酒店裡。」老張開始低著頭充滿愧疚地說起林沖的對白：「今去滄州，生死不保，誠恐誤了娘子青春，今已寫下幾字在此。萬望娘子休等小人，有好頭腦，自行招嫁，莫爲林沖誤了賢妻。」一會兒竟轉調變聲，學起京劇旦腔小聲委屈地說：「丈夫，我不曾有半些兒點污，如何把我休了？」兩人來往對答了幾回，我對這段沒太大興趣，一離神沒聽仔細，待老張喉頭哽咽，簡直快哭出來，我才又回過神來，這時老張已經變成林沖的岳父依依不捨地囑咐著：「只顧前程去，掙扎回來廝見，你的老小，我明日便取回去養在家裡，待你回來完聚。你但放心去，不要掛念。如有便人，千萬頻頻寄些書信來。」這段小漣漪過了之後，老張又恢復了波瀾不驚的正常狀態，而日後我始終覺得還滿精采的「林沖棒打洪教頭」一節卻待開始。

老張在軍隊待了二十四年，只撈到上士排副，所以他說書時詮釋不好宋江，其實很值得原諒。宋江是何許人？宋江可是梁山泊的大寨主啊。先看四十六回開始的三打祝家莊，宋江點撥出來的陣仗，二十名將領，六千個小嘍囉，浩浩蕩蕩，誓師下山，起碼是個師長級的人物了。再看六十七回，要爲前寨主晁蓋之死報仇的曾頭市之役，調度五路軍馬，指揮三十名大將，統領二萬二千軍馬，儼然是個軍團司令的角色了。老張這種小連隊裡頭的排副，諒他再怎麼高明也絕難想像沒機會參與的軍帳中運籌帷幄、決勝千里的高級戰術，以及大將軍該有的高貴優雅與雍容氣度。不過還好，宋江也不是生來就喧赫四方，他當小人物的時間還不能說不短，老張那種溫文不火的語調詮釋這段時光剛好可以勉強湊合湊合著用。宋江的戲分特別，跳躍不定又回還往復，比如說在十七回登上書場，便義釋劫了生辰綱的晁天王一夥七人，又爲免與梁山泊魚雁往返之事東窗事發在二十回血刃了閻婆惜，在二十二回逃進柴進府邸躲避官府追捕，其間六回，跑馬燈般先露個臉，露完臉便下場休息。一直要到三十一回才又粉墨回場，這一登場便喧賓奪主一路領銜主演擔綱亮相到終卷。宋江戲時這麼漫長，老張大抵給分成兩截：三十九回末上梁山之前，口氣卑屈有致，頗得及時雨謙懷本色，算是比較傳神；三十九回下半場落草爲寇後，語調仍是溫吞，全然不似宋江統帥本色，說得比較疏隔。老張講宋江生平的前半截，大抵四平八穩、差強人意，只在三十四回後半節略顯激動，那是宋江因罪藏匿於柴進府中，接獲家弟來信，只見老張沉吟了一會兒，倒吸一口氣，繼續往下念道：「宋江接來看時，封皮逆封著，又沒『平安』二字。宋江心內越是疑惑，連忙扯開封皮，從頭讀至一半，後面寫道：『……父親於今年正月初頭，因病身故，見今停喪在家，惠等哥哥來家遷葬。千萬！千萬！切不可誤！弟清泣血奉書。』」老張左手扶著書，右手逕自往胸膛捶打起來，這突如其來的舉動著實讓我嚇了一跳，老張也沒理會我繼續埋頭念著：「宋江讀罷，叫聲苦，不知高低，自把胸脯捶將起來，自罵道：『不孝逆子，做下非爲！老父身亡，不能盡人子之道，畜生何異！』自把頭去壁上磕撞，大哭起來。」還好老張還沒激動到要去撞牆，因爲沒多久我們就知道宋江的父親沒死，那信是宋老爺要賺宋江回家的一紙假信。我那時聽到後頭心裡頭直犯嘀咕：「哪有這種父親！」

老張脾氣相當暴躁，要是我犯下什麼大錯，通常難逃他賞在我小臀上的幾鞭褲帶風火，老打得我是哭爹不成喊娘不行的，可就在抹著一把鼻涕含著一包眼淚的當頭莫名其妙我就會想起黑旋風李逵來。老張講李逵還不如他動手打我時的像，也就在他抽開腰間皮帶，威風凜凜地向跪在電視機前的我逼近時，我總想：「沒關係，英雄不打不相識，忍一時皮肉之痛，賺得日後義結金蘭情同手足，値得！」只聽見老張講：「媽咧個鼻！要你學好你不學好！看老子今天怎麼教訓你！」然後無情的風火就在咱家屁股上蔓延開來，天地都爲之動容。老張這等修理人的身手足以媲美李逵。李逵是個什麼貨色？據老張與之性格毫不相稱的說書內容所聞，原來這李逵登場的時間相當晚，三十七回才上場亮相，一上場馬上來一回黑白大對抗「黑旋風鬥浪裡白條」，接著扮起救世主角色連救幾人，三十九回救了刑場上的宋江，五十三回下井救起被關在井中的柴進，即便擁有「救人一命勝造七級浮圖」的功德卻老因暴躁個性，經常還得挨著宋江罵：「你這黑廝，休得胡來！」咱家要是宋江，也叫老張吃我一罵，方得痛快。老張說起李逵不能鞭辟入裡、栩栩如生當爲意料中之事，只有一處還頗有點意思。話說老張講到四十二回，說李逵上了梁山日日吃酒啖肉，好不快活，一時想起家鄉尙有老母在，雖有家兄照料，但貧賤人家總難一應俱全，遂興起了接母親同上梁山頤養天年的念頭。下了山，回到家。老張便又發作：「（李逵）逕奔到家中，推開門，入進裡面，只聽得娘在床上問道：『是誰入來？』李逵看時，見娘雙眼都盲了，坐在床上念佛。」老張這時興頭又上來了，學起李逵粗獷的聲音答道：「娘！鐵牛來家了！」又學著老人家說道：「我兒，你去了許多時，這幾年正在那裡安身？你的大哥只在人家做長工，止博得些飯食喫，養娘全不濟事！我時常思量你，眼淚流乾，因此瞎了雙目。你一向正是如何？」李逵撒了個小謊，說他做了官，揹起母親便要一同享樂去。回途的山路上，母親口渴難耐，李逵放下母親，四下尋水去。待取得水回來，不見了母親，急忙尋找，覓得一處大洞口，只見兩個小虎兒在那裡舐一條人腿，李逵，不，是老張，把不住抖，淚眼汪汪說道：「我從梁山泊歸來，特爲老娘來取他。千辛萬苦，背到這裡，倒把來與你喫了！那鳥大蟲拖著這條人腿，不是我娘的是誰的？」、「正是你這孽畜喫了我娘！」李逵手起刀落，先後結果了兩大兩小母子四虎，幹下一樁動物滅門血案。那時我沒注意老張有什麼表情，心裡只理會著：「前一個武松，後一個李逵，這老虎活該倒楣遇上梁山好漢，枉做手下冤魂！」

老張在加護病房裡被緊急插上氣管，醫生手忙腳亂搶救一通之下，心跳儀仍維持著老張平時水波不興的說書語調一般呈現水平狀態。我飽含著淚水，不敢任性縱聲大哭，假裝堅強地對老張說：「安心地去吧，我們會好好照顧自己的！」透過濛濛淚眼我覷著老張微張的嘴，知道他再也不能說書給我聽了，但我卻覺得他在靜默之中又彷佛已經告訴我許多，也就在那一剎那我突然領悟柳麻子「言未發而哀樂具乎其前，使人之性情不能自主」，的確眞實，並非欺人。然後，我感受到一種強大而莫名的撕裂的痛苦，像撕開我每一層肌肉，撒上薄鹽，如此痛徹心扉之際，終於我才恍然：《水滸傳》於老張，那再不是一部俠義小說，而是他個人辛酸史的投射。水滸傳裡的天罡地煞、英雄豪俠、替天行道、輔國安民、劫富濟貧、懲治惡吏，他全然不在意，他在意的是他和武松一樣別兄，和林沖一樣拋妻，和宋江一樣離父，和李逵一樣死母，每逢到這些情節，他的人生才彷佛從書中甦活了過來，活生生地與之哭、與之悲、與之慷慨、與之憔悴，然後他人生大半輩子萬里萍飄、多年轉蓬，隻身來台的苦悶、寂寞、辛酸和想念，才都濃濃地化在那一段又一段觸動他思鄉心弦的共鳴上，久久不歇。

老張入殮時，我把一本《水滸傳》擺放在他手邊，微微翻開〈楔子〉，捨不得地摸著他的臉，然後低聲告訴他說：「下輩子再講給我聽，我不要聽你講言情《水滸》了，要講就講俠義《水滸》，好不好？爸！」

老張說三國

老張就是我爸，我爸就是老張。

老張說了一遍又多一點點的《三國演義》給我聽過，這一遍的印象，我已經忘得差不多，這也不能全怪我沒記性，誰教老張說書時語調總是波瀾不驚，活像催眠曲兒，一字一句朝我心神鎮靜而來，多虧我是站著聽講，要是坐在椅子上，難保不昏沉睡著。我現在多少還能對老張說的那一遍有些零星印象，還得靠當初電視上黃俊雄布袋戲三國演義的畫面聯想，才能稍稍回憶起當初聽講的實況。

其中最深刻的一節，莫過於關雲長倒拖刀斬蔡陽。話說黃俊雄讓關公攜著甘、靡二夫人離了曹營，一路上因無曹操放行公文，屢遭阻難，守關者無不千方百計設陷抓拿，最終難免要生死惡鬥一番，決戰時刻一到，關公在螢幕上特地為他營造出的風沙中奔來跑去，先是纏鬥數回，最後關公必然使出致勝絕招「天空剖」，只見紅面關公大喝一聲，從赤兔馬凌空竄飛，再縱身下劈，手起刀落，對手無不身首異處，鮮血直流。就這樣連過五關，用青龍偃月刀陸續斬了東嶺關把關將孔秀、洛陽太守韓福、沂水關把關將汴喜、滎陽太守王植和黃河渡口關隘守將秦琪。但這還只是前戲而已，關公過五關斬五將之後，疾往汝南尋劉備去處，途中得知張飛奪據古城，便前往相聚，豈料張飛誤認關公降曹，背叛桃園結義誓盟，反倒領兵前來問罪，關公百口莫辯，正巧關公刀下亡魂黃河渡口守將秦琪的舅舅蔡陽挺刀縱馬趕至，關公大喝：「賢弟且慢，待吾斬此來將，以表明吾眞心。」張飛答說：「你果有眞心，我打三通鼓停，便要你斬來將。」蔡陽大罵：「你殺吾外甥秦琪，原來逃來在此，今日取你性命！」轉眼間，關、蔡刺馬交鋒數回，難分上下，張飛卻已然擂了兩通鼓，咚起了第三通鼓，關公佯裝敗逃，蔡陽奮力尾隨緊追，忽見赤兔馬猛地勒停，蔡陽逼近，關公側身旋起偃月刀，刀口橫掃而出，正是倒拖刀絕招，電光石火之際，蔡陽人頭已然落地。關、張兩人遂盡釋前嫌，兄弟情誼完好如初自不在話下。這一幕搭配著黃俊雄大師誇張的配音，深深烙印在我們這些天天中午守著電視機的小孩們的腦海裡，此後只要是大家圍在一起玩耍，沒有不拿根樹枝練習天空剖、倒拖刀的英姿的。

但眞聽老張說《三國演義》，原先的期待就落了個大空。關公過關斬將的偉績被寫在二十七和二十八回，老張說這兩回時，關公只是手起刀落，又是手起刀落，還是手起刀落就把對手斬成兩截，既無天空剖的刀法，也沒倒拖刀的英姿，讓人好生失望。又聽老張說關、張兩人誤會，那更無聊，張飛一通鼓都還沒擂完，關公已經把蔡陽剁成兩半，一點兒緊張刺激的期待都沒有了。

但也要聽老張說，才知道爲什麼關公會身陷曹營，進退兩難，這其實都是劉備害的。劉備在第一回和關、張三結義之後，斬殺黃巾賊立了軍功，除授定州中山府安喜縣尉，作了幾月，張飛魯莽行事怒鞭督郵，從此便展開四處寄人籬下的生涯。先是依靠代州劉恢，後又轉往北平太守公孫瓚（此時與呂布曾有一場惡戰，謂之三英戰呂布），再轉除州太守依靠陶謙，屯兵小沛，此時才算眞有小小棲身之處；後來呂布攻占除州，又下小沛，劉備只好向曹操討救兵，滅了呂布，勉強保住小沛和徐州，還被漢獻帝拜爲左將軍宜城亭侯，人稱劉皇叔；後劉備與獻帝密謀誅曹的衣帶詔曝光，曹操大怒討伐徐州，劉備又敗逃投奔袁紹，也就是這個時候，關公爲保護劉備妻小，被曹操有條件勸降。後來兄弟完聚，劉備離開袁紹，轉投荊州太守劉表。一直到三十七回爲止劉備總是驚惶失措，到處串門子猶如喪家之犬，直到另一個人出現，劉備才眞有點英雄之風。

此人不是別人，正是大名鼎鼎的諸葛亮。據我聽老張說書的印象，當時我自個兒把《三國演義》給分成三截，頭一部分是三十七回孔明出山之前，天下局勢開始分崩離析，你打我，我打他，他又打他，群雄逐鹿，烽煙四起，到三十回更有一場曹操大破袁紹的官渡大戰戲碼，不過整體看來可說是亂成一團、全無章法。得到三十七回孔明出山之後，天下形勢才逐漸明朗，劉備總算媳婦熬成婆，開始有點樣子，然後就看孔明談笑用兵，舌戰群儒、智激周瑜、借箭、借東風、更借荊州，最後還進取益州、安定南蠻、北伐曹操，一件又一件大事，都在預先盤算中完成，掌握先時，先發制人，令人驚歎連連。孔明料事如神的高超演出一直到一百零四回因過勞死爲止，這是我給劃分的第二部分。孔明死後到最末一回，是我分的最後一部分，這十六回簡直就像雞肋，食之無味，棄之可惜，孔明把畢生兵學遺交姜維，但姜維個人才情遠不及孔明，拿了兵書之後，打仗勝率只有五五波，更從未出現過一場出人意表絕妙精采的好仗，眞眞辜負了孔明的智慧遺產，最糟糕的是最後竟然還詐降晉將鍾會，這等事孔明是決不會做的，如此一來，大將歸降，蜀國歸晉也就成了必然趨勢，《三國》終卷，不免留下許多遺憾。聽老張把《三國》講過這麼一回，日後我還會再三回味的也就只有孔明出場的第二部分而已。

老張把《三國演義》整個說完之後，居然又回過頭來，重新把第一回的卷頭詞念了一遍，念完之後，老張自個兒長吁短歎起來，等心情平復了才揮手示意要我滾蛋。這樣的長吁短歎並不是頭一遭，自老張說講《三國》以來，有好些個地方他都曾情不自禁地搖頭晃腦，比方說才剛開講沒多久，第三回合裡頭的董卓納了呂布爲義子，聲勢壯大，有恃無恐，遂興起廢帝之舉，到了第四回上就大剌剌地在正殿上廢了少帝，改尊獻帝，彼時帝后皆號哭，群臣無不悲慘，只聽老張說道：「階下一大臣，憤怒高叫曰：『賊臣董卓，敢爲欺天之謀，吾當以頭血濺之！』揮動手中象簡，直擊董卓。董卓大怒，喝武士拏下，乃尙書丁管也。卓命牽出斬之。管猶罵不絕口，至死神色不變。」說到這兒，老張便長吁短歎起來。不過我當時想，當忠臣還眞是辛苦，只能在一片噤若寒蟬的同儕間抬頭挺胸盡情痛罵幾聲，旋即慷慨赴義，然後只能在《三國演義》密密麻麻的段落裡擁有窄窄的三行敘述，比起一些梟雄們動輒強占數十回合相比，簡直霄泥之別，而一般人面對跑馬燈般出現的萬千人物，肯定誰也不會有記性去記得這個小忠臣丁管。

又比方在官渡大戰和赤壁大戰發生之前，二十一回曾有一場袁術攻打劉備的中小型戰役，袁術陷入劉備圈套，被兩路衝出的伏兵夾殺，只聽老張說道：「殺得術軍屍橫遍野，血流成渠，兵卒逃亡，不可勝計。」然後老張便又長吁短歎起來。

我要到很多年以後才多少領悟出老張這些長吁短歎背後的意思。

老張一輩子有二十幾年的青春時光都爲國家效力，待在軍隊中當一名小小的上士排副，他雖然沒對我說過，但他的確曾在戰場上眞正目睹過「屍橫遍野，血流成渠」的實景，或許就是這些句子讓他又再一次回想起過往的慘烈畫面，因而嗟嘆連連，感嘆不已。而他一輩子忠心這個國家，矢志不渝，但他比起丁管，那又更加可憐，他連一個字的記載都沾不上邊。

也就在老張又把卷頭詞意味深長地吟了一遍很久很久以後，久到老張都已經過世好一陣子了，我才想到，老張可能根本不認同像羅貫中這樣文人所寫的卷頭詞，什麼「滾滾長江東逝水，浪花淘盡英雄，是非成敗轉頭空，青山依舊在，幾度夕陽紅；白髮漁樵江渚上，慣看秋月春風，一壺濁酒喜相逢，古今多少事，都付笑談中。」這實在太過浪漫了，老張體驗的《三國》，應該是張養浩《山坡羊．洛陽懷古》：「峰巒如聚，波濤如怒，山河表裡潼關路。望西都，意踟躕。傷心秦漢經行處，宮闕萬間都做了土。興，百姓苦！亡，百姓苦！」特別是最後兩句，要是讓老張念過，不曉得長吁短歎之餘會有多滄桑啊。

書法

我的老師輩們，如研究古音學和東坡詩卓然成家的陳新雄先生、醉心古典詩的汪中先生、博通文化思潮亨有學術盛譽的龔鵬程先生、精究魏晉玄學而名家的莊耀郎先生、鑽研易經而聞名的賴貴三先生、深入宋明儒學甚有心得的黃明理先生，以及不斷精益求精的小說家張大春先生，他們除了都是才華洋溢的飽學之士外，還有另一共通特點，那就是都能寫得一手好字。也因此，我對他們的崇拜之情，可說幾乎到了五體投地的地步。

我從小也跟著父親學寫書法，這其實沒什麼好得意的，只要是心智正常的小孩，都不會樂意正經八百嚴坐著寫什麼書法的，特別是當鄰居玩伴在巷弄中興致昂揚來回呼喊飛奔玩著踢罐子捉迷藏，一波又一波傳來歡謔的笑聲時，你就會覺得兒童的活潑生命力道竟在一橫一豎的揮毫當中日漸枯槁。

記不清是小四還是小五時，有一天正當我渾然忘我玩著「太空戰士」角色扮演時，客廳裡隱隱傳來父親的呼喊，我像突受電擊一般，三步併作兩步火速趕回家報到，接下父親指示，到街上文成書局買兩隻毛筆、一包九宮格毛邊紙、一瓶墨汁。買回來後，悉數交給父親，正等候著解散命令便要轉身奔去繼續未竟的遊戲，父親突然斥道：「還想跑去哪？鎮日耍玩，將來能有什麼出息！到樓上去！」上了二樓祖廳堂，父親命我在供桌上鋪紙、開筆，然後就在九天玄女和祖先牌位前說：「先練習拿筆畫直線，手要懸空，不能倚在桌上，先畫個一百條試試。」

好不容易畫完一百條，我難掩喜悅地交給一旁看藥書的父親檢查，父親看完後極不滿意，搖頭斥道：「連個直線都畫不直，將來能跟人家寫什字？再畫一百條！」我聽著窗外海浪般的嘻鬧聲，垂頭喪氣坐回原處，而這只是剛開頭而已，此後許多個星期假日，只要父親休息在家，我就免不了被要求提筆揮毫，一路從畫直線到畫圓圈、再從畫方框到畫S型，也眞不知道消磨掉多少寶貴兒童歡樂時光哩。

寫完線條嘉年華之後，父親不知道從哪兒得來一本《說文解字五百四十部首篆書字例》，要我依樣畫葫蘆，同時叮嚀著：「你大陸上的爺爺常說：『學書法，不經口傳心授，不得其精。但首先得臨古人墨跡，捏破管，劃破紙，方有功夫。』你先寫個十遍試試。」我當然沒有拒絕的權利。說也奇怪，先前練過線條，此時寫起篆書彷彿水到渠成一般，起落筆全無阻礙。原來篆書講究線條勻稱，無論點畫長短，筆畫均呈現粗細劃一的狀態，先前學線條的基本功此時正好發揮作用。但問題是，篆書字形修長，筆畫向下引伸，結構上密下疏，我或許對單獨線條極其熟練，但把線條湊畫在一塊兒，就未必能如願使線條們各安其位，各守本分，經常是稍微多探出些頭、多伸長了腳板，有時則是該親密之處疏遠了，該冷漠的地方卻熱絡了，結果，字體看起來不是歪斜、擁擠、鬆垮，就是沒了精神。

父親看了便說：「這是布置間架出了問題，就像蓋屋，房子要蓋得好，板模就要立得正。你大陸上的爺爺常說：『寫大字難就難在結密而無間，寫小字難就難在寬綽而有餘。』把握這兩句話，多寫就會進步。」

我寫篆書也不知道寫了多少時光，寫出來的字看上去有點模樣，好像可以唬唬別人了，父親便又拿出一本《曹全碑》給我練習。一邊說道：「《曹全碑》，是漢靈帝時的石碑，字型叫做隸書。隸書筆畫比起篆書是更爲豐富，有點、橫、豎、撇、捺五種，各有特定的形態，筆畫有向左、向右、向左下、向右下四個方向；篆書筆畫只有短線條與長線條之分，運筆雖然可以轉變方向，但主要是縱、橫兩個方向。隸書結構的特點是橫平豎直，橫向筆畫靠得很近，字形方整橫張偏扁。標準的隸書，還會出現了裝飾筆畫端部的波挑，尤其是橫畫的『蠶頭』和『燕尾』，是隸書體的標誌。」我看這些話肯定也是我爺爺說的。

我很是莫名其妙，每逢上寫到《曹全碑》中的大橫畫時都特別開心，像剛開頭的「煌」、「蓋」兩字的最後一筆，我都特別講究，精心藏鋒回筆，拖曳中段之後再大大地捺出一條燕尾，這種怪異的嗜好，與當時正在養蠶寶寶和到溪橋下抓小燕子來養的經驗多少有些關係。

《曹全碑》筆致潤秀，我寫起來經常是柔媚乏力，父親又有意見了，不，是我爺爺有意見：「你大陸上的爺爺說：『肥字需要有骨，瘦字需要有肉。』骨肉不含，難怪字體偏柔偏媚。」

我寫《曹全碑》沒有很久，父親就改換智永《楷書千字文》給我練習，可能是怕我走火入魔，最後弄巧成拙寫出娘娘腔的字來。智永每一落筆藏頭藏得凶，護尾護得勤，一波三折，含蓄而有韻律的意趣，我怎麼學也學不到那種神氣。我爸看我有些喪氣，便說：「你大陸上的爺爺說：『心能轉腕，手能轉筆，書字便能盡如人意。古人工書沒有其他竅門，但能用筆罷了。』」這話說得輕鬆，要做到談何容易。

說也奇怪，每當我寫書法遇到瓶頸時，從未見父親親自示範過一筆一畫給我解點惑、長些筆力，只會淨搬演大陸上爺爺過去說過的話來敷衍搪塞，後來我才漸漸意會到父親的字根本也寫不好，但父親卻始終興致昂揚地命令我寫書法，渾似一個不會游泳的人，卻喜歡教人游泳，唯一不同的是他記牢一套別人說過的泳姿口訣，並且覺得這樣教人游泳也就夠了。照這樣看來，我字始終寫不好，實在還不能怪到自己頭上。

話雖如此，我卻因此培養出對書法的愛好，特別是進到師大後，選修莊耀郎老師書法研究的課，也接受黃明理老師的特別指導，書藝上有了小幅度的進步，之後就長期保持練字的習慣，過年寫點春聯，時不時也用書法和老師們通通信，很有點兒古人風味。

父親常說：「你大陸上的爺爺常說：『學書需要胸中有道義，又廣之以聖哲之學，書乃可貴。而書法之極致，就是與乾坤一氣，不光在筆畫上計較。』」這段話與莊子所提及引申出的「由技入道」觀念殊途同歸。我常想，這輩子我準是領會不到這般境界了，當然我失學的父親也不會有機會。但這不打緊，他見識過我爺爺曾經了然於胸，他老人家寫過的字，哪怕只是藥單，識貨的人都珍之若寶。因此，他隱隱然基於責無旁貸的使命感要對我再三叮嚀，他記牢爺爺說過的每一句話，無非就是要告訴我，書法中自有一片大天地，形而下的運筆也好，形而上的精神超越也好，其中都能領受到飽滿的自得之樂。並且，他在回味爺爺的每一句話，可能都充滿著濃濃的想念，他或許就藉由隻字片語的回憶回到了過往父子相處的時光，就好像不久的將來，有一天我也有小孩了，我也會要他寫書法，我也會告訴他說，他的爺爺曾經引用曾祖父說過的什麼什麼話——這些話，我體會得也不眞切，但我知道，我引用這些話順便回憶過往情景，無非是因爲我想念我的父親，就像父親想念他的父親是一樣的。

返鄉

爸。我猜你沒去過三峽吧，三峽眞是氣派，黃濁激湧的江面寬廣浩蕩，奔流不息，許多大小郵輪、船舶、舢舨穿梭其上，日夜來往不停。三峽有不少在歷史上風風光光留下響亮名號的地名，奉節、白帝城、巫山、酆都、秭歸、涪陵、宜昌，陸續在旅途中逐一出現眼前，這些或由文人雅士或由孤臣孽子留下的足跡名勝，你肯定不在意，畢竟這些過於浪漫的流風遺韻肯定塡不滿眞實生活的一頓飯飽。但是，爸，我要告訴你，我從成都第一次進到大陸了，這是你出生的大陸，你所從來的地方，並且我要單身回到你生長的故鄉去，去看看那到底是怎樣的一個地方。

船在武漢靠了岸，我和同行友人下了船，匆匆參觀了湖北省博物館，隨即趕往黃鶴樓，卻意外搭上反方向公車，以至於一番波折之後趕到黃鶴樓時，鐵門正好緩緩落下。爸，我跟你說，我女朋友惠喬曾經寫過黃鶴樓題詩研究，她滿心期待一登黃鶴樓，極目遠眺，想像古人流風遺韻，當她眼睜睜看著鐵門匡鐺一聲關妥而無法進到黃鶴樓，失望之情溢於言表。反倒是回過頭怪我沒塞人民幣給管門員，請他行行好開門讓我們進去一下下，因爲惠喬隔天一大早就要搭機返台。我告訴她說：「這是什麼時代了，如果人家反咬你賄賂，落人口實，豈不自討沒趣！」她老大不高興，繃著臉不說話，一路氣回飯店。爸，我知道你一定同意我這樣做的，因爲你最小心了，不然也不會在剛開放探親時就對我說：「你六俚叔邀我回大陸，我有那麼笨嗎？回去不等於自投羅網，共產黨不把你抓進大牢關上十年五年才有鬼！」

隔天，惠喬和朋友們即從武漢搭機回台，留我一人在武漢機場，準備啓程回老家。惠喬原本不放心，要陪我一塊兒去，後來因爲教師公費分發日期相衝，得先行返台，沒法兒和我一道。臨行前，千萬叮囑要我小心，我告訴她說不用擔心，我會好好照顧自己的。爸，像這種事你老早就不擔心了吧。你還記得有一回傍晚，幾個同鄉好友來家相訪，你突然起了興致，要炒盤牛肉來吃，隨即呼喚我下樓，給了一張百元大鈔和幾個銅板，要我坐車到二十公里外的虎尾去買牛肉，同時交代坐什麼車要在哪一站下車，然後撕下日曆，在背面畫了張地圖教我怎樣從車站走到市場，又畫了一張市場放大圖標明牛販所在地，交代買完牛肉趕緊回來，不要誤了晚餐。一旁的叔叔替我求情道：「小孩年紀還小，去那麼遠買東西，太危險了，張炳榮啊，咱們改天再吃！」另一個叔叔也說：「這麼晚了，還是別去了！」爸，你知道我那時候才多大嗎？國小一年級耶！可你那時多堅持，你說：「這樣還算小啊！他哥哥這個年紀時都已經一個人騎腳踏車去元長買米呢！」然後就轉過頭來對我說：「還不快去！」

所以我現在一個人來了。

我在武漢車站搭上往南昌的公車，想著當初你是不是早料到會有這麼一天，才在那時候這樣考校我啊，是不是啊？爸。車子離開武漢，駛入高速公路，兩旁的稻田、房舍居然和我們雲林老家景色同一模樣，一覺醒來，不小心還以爲是要從台北回雲林老家呢。幾個不甚熟悉的地名飛馳而過，五個小時以後抵達九江，再過一個小時就到了南昌。南昌雖然是江西省會，但看起來頂多和台北縣某些市鎮相似，一點都不夠氣派。我隨著一名婦人的指點，搭公車到火車站，然後打電話給大伯的大兒子張幹民大哥，他告訴我說往黎川的道路正在整修，不好通過，建議我改坐火車到福建光澤，他會派車到那裡歡迎我——他眞的是說歡迎我，著實讓我吃驚，很像要拉紅布條歡迎我回鄉似的——最後幹民哥說：「光澤是你爸年輕時打工的地方。」我一聽心頭一震，這個陌生到無以復加的光澤，此刻因爲有你過往曾經履下的足跡而顯得意義重大，地圖上的光澤像一柱燈塔，閃爍著光芒。爸，從現在開始，我終於要踏上你的舊跡，像一尾迴溯的魚兒，溯迴到你過往許多我毫不知情的陳年往事以及年少歲月。

開往福州的火車，經過六個小時後中途會在光澤暫靠，可是火車的軟臥、硬臥、軟座、硬座票全賣光了，只買到一張無座票，我心想無座就無座唄，頂多像從台北一路站到高雄罷了。但是，爸，事實並非如此，等我一踩上九號車廂，我就後悔了——那裡頭一點兒都不像自強號、莒光號、復興號，甚至普通號——車內沒有空調，人聲鼎沸，煙霧瀰漫，男人汗流浹背打著赤膊，三五成群圍著聊天，吸吐旱菸，賣力搖扇子，一邊猛嗑瓜子、狂嚼花生，隨手把殼兒往月台上拋，還夾雜著幾口濃痰。頭頂上的置物架雜亂堆放棉被大小般的農產品，隨時都要倒下來一般，更讓車內空間顯得擁擠不堪——活脫脫就像逃難。我擠不進去，索性就在門邊站定，等火車開動之後可以在門邊吹風，避開煙霧，也頗為愜意。對面月台火車緩緩開動，我一看，大吃一驚，原來那車廂門是會自動關上，等門一關，我所站的地方就成了一間小密室，關上六小時我不給熱死也悶死了。火車開動前我思來想去最終決定跳下車，在月台上焦急地走繞，到底要不要上去啊？不上去，我又聯絡不到幹民哥說我沒坐上火車，他會不會在光澤空等；上去，我說不準會倒在那裡。正猶豫不決時，忽然響起了惠喬在黃鶴樓前對我說的話來：「為什麼不塞人民幣給他們？」我再不管其他堅持，趕緊問車廂管理員：「可不可以讓我到軟臥或硬臥的車廂去？」管理員說：「你得付出一些代價。」「我可以付，多少錢？現在可以付給你嗎？」「你先上車，我再告訴你。」「回到原來的車廂嗎？不，我不要。」「你先上去嘛！等一下我再幫你換啦！」「不要，我不會再上去的。」就在彼此僵持不下時，火車要開動了，管理員催促我上車，我不肯，突然旁邊跑來一名婦人，手持兩張到福州的硬臥票，問我買不買，我二話不說，掏出一百元人民幣給她，拿了票直衝五號車廂，火車正好鳴笛開動，驚險的返鄉旅程，我總算搭上火車了。

爸，你知道嗎？像烤爐一樣的硬臥車廂，左邊有一條小走道，右邊是兩兩並對的床鋪，上中下三層，沒門，一路走過去可以瞧見臥鋪上形形色色的人，大家都取條毛巾拭汗，拿各種可以搖的東西搧風，擠在窗戶邊吹著從無邊無際的稻田原野拂過來的熱氣。我找到我的下鋪位置，上頭坐一個男人，緊挨著床前的窗戶，我落坐床尾。對面一名中年婦女開口說：「人家的座位，你還不讓出來啊！」男人回頭看了一下，沒說半句話就爬上頂鋪。婦人接著對我說：「我看你這樣老實，在這社會準吃虧。是不是還在念書啊？研究院？」我答說是。她說她兒子也是，在江西大學研究院就讀。又問我哪裡人？我說黎川。她高興得不得了，馬上用黎川話和我交談。我說我不會講。「你是黎川人怎麼不會講黎川話？」孤身在外，為免節外生枝，我誆她說因為我從小遷到香港。婦女更加開心，立刻用廣東話和我交談。我一下傻了，怎的這般湊巧？我又心虛地誆她，我也不太會講廣東話（香港人怎麼可能不會講廣東話？）。幸好她沒起疑，話題一轉，又問我為什麼去福州？我說我在光澤下車，繞路回黎川。我也問她同樣問題。她說我偷偷告訴你喔，我去福州是想看看商機。什麼商機。看看婚友社的情況怎樣，就是介紹女孩子到台灣去。利潤很好嗎？就是要去看看嘛，聽說作成一個可以有人民幣一萬元。這麼好啊。是啊。婦女忽然想起一件事：「你不是要到光澤嗎？可是這整車廂都是要到福州的，光澤到站是不開門的。」我一聽嚇了一跳，婦人對我說：「沒關係，我幫你想法子。」

婦人找到車廂管理員，說明了一切，管理員喜孜孜地答應幫忙開門。我向婦人道謝，婦人轉頭對我說：「這沒什麼，倒讓管理員賺了一筆，你要知道，他拿了你的票到後頭隨便張羅一個到硬臥來睡，起碼賺上五十塊錢。就這樣了，我先休息了。」婦人躺上床鋪，理妥棉被，向我招招手道聲晚安，便閉上眼睛休息。火車轟隆轟隆奔馳著，天色已黑，涼風習習吹來，溫度降了下來，車廂裡打起小燈，大多數的人都爬上床睡覺，火車隔天一早七點抵達福州，但到達光澤時是半夜十二點，我沒敢睡，背著背包坐在床頭，等著時間一秒一秒過去。

等著時間一秒一秒過去。

爸，早上六點從武漢出發，到現在已經過了十五個小時，時間一秒一秒過去，再不用多久就能到你年輕時曾打工過的光澤了，然後回到老家黎川。時間一秒一秒過去，你年輕時的歲月，一晃眼四十年、五十年，那都一秒一秒過去了，沒關係，爸，我回來了，我回來替你撿拾那已經遺落的、消失的每一秒、每一秒、每一秒。

快到光澤時，管理員來把票取走，準備換一張路途較近的票給我，我到福州的票他拿走可以轉賣給別人。我興奮地背著背包在通道走來走去，另一邊通道有道強光射來，向我趨近，打在我臉上，後頭有個人問話：「車票呢？」我趕緊回答：「管理員拿走了。」問話的後邊還有一個人指著我嘟噥著：「就是他！就是他！」問話人把手電筒朝下照，我才發現他是車上公安，他又說：「你該不會是從窗外爬進來要偷東西的吧？」我一時緊張，急著說：

「我是從台灣來的，怎麼可能來偷東西？」警察不以爲然地說：「台灣來的就不偷東西？車票呢？」「被管理員拿走了，我也找不到他。不過我座位旁的那個婦人可以幫我作證，我原本是坐那邊，我有車票的！」警察還在半信半疑時，管理員出現了，我當時還怕管理員會因爲想貪了那張票而誣陷我，幸好他照實地向警察說明情況，警察才善罷甘休。這時候光澤到站了，管理員用鑰匙打開厚重車門，讓我下了車。

幹民哥在電話裡頭說光澤是縣城，我一下車以爲會很熱鬧，結果整個車站大廳只有一個有氣沒力的燈泡兀自亮著，三五個鄉下人模樣的旅客散坐椅上，角落邊陰暗得不得了，原想幹民哥會在大廳等候，結果沒有，我朝外一看，廣場連個路燈都沒有，黑壓壓一片，兩旁有幾部電動三輪車正候著客，司機圍著在黑暗中扯蛋。爸，我想糟糕了，會不會幹民哥聽錯了時間以爲是明天中午十二點？車站前有個小旅館，招牌在黑暗中模模糊糊亮著，我考慮是要穿過黑暗廣場到對面的旅館住宿，還是待在昏暗的大廳等天亮？就在我猶豫不決時，廣場的黑暗裡傳來：「張輝誠！」我不由自主的回：「我是！」然後，爸，你見過的，你知悉的幹民哥從階梯爬上來出現眼前，他和我親切地握手，領我坐上福斯轎車，那是他女婿在黎川縣當財政副局長的公務車，旁邊還有一名駕駛。幹民哥告訴我說，你在光澤做過木工，天太黑了不能帶我繞一圈，我們先回家，繞小路回黎川還要一個小時。

司機開得飛快，車子在石路上顛躓晃盪，彎來繞去，很是狼狽。幹民哥和我坐在後座，對我說：「原本才叔也要一道來歡迎你的，可他老人家身子骨不像從前，他能有這個心意就難能可貴了。哪像你貴叔啊，你打電話來說要回老家我們是高興得不得了，我也同你貴叔說，他竟然說：『先說好了，要和他爸一樣凶悍不講理，我可不招待啊！』這是什麼話啊！這是當叔叔應該講的話嗎？」我順著幹民哥的話回他說：「大哥，我爸以前常對我說，如果要回老家的話，只要聯絡大哥就好了，因爲他說你是他最親的姪子，最可靠。」然後幹民哥就說了一段我從來不知道的往事：「我的父親，也就是你大伯，是爺爺和我奶奶所生，你爸爸和才叔、貴叔是爺爺和你們奶奶生的。你爸當初在光澤學木工，就住在我家裡，我們經常玩在一塊兒，那時候我媽對他很照顧，所以八八年你爸回來的時候，特地打了一條金手鐲來看我媽，才一見面，你爸就跪倒在我媽的懷裡痛哭失聲，我媽也跟著抽抽咽咽的，既高興又傷心。你爸回台灣後，經常寄美金來說要給我母親多吃點好東西，九五年我媽過世，沒敢讓他知道，怕他傷心。」我頻頻點頭，幹民哥又說：「你才叔和貴叔鬧尷尬，你知道嗎？」「我知道，我爸告訴過我。」爸，其實我是從你的大陸家書自己勾勒出整個事件的。「現在鬧成這樣，你貴叔也眞是的。」「沒辦法調解嗎？」「連你爸都氣得半死，沒法兒了。」車子到了黎川郊外，凌晨一點多，幹民哥女婿建議吃點消夜再回家。

夜很黑，路燈沒幾盞，冷清地照在路面，兩旁五六層樓高的新房子潦草地在立面鋪貼素白磁磚，側邊露出水泥牆面，像極二十年前我們雲林褒忠老家風格。幹民哥向老闆叫了幾道菜，我們四個人圍著小矮桌吃了起來，這時候我才有機會端視幹民哥，他的臉彷彿飽嘗風霜似的滿面皺紋，個頭高大，身子卻瘦硬，穿著典型的黃土色毛裝，十分客氣地幫我挾菜。爸，我忘了當時候聊了些什麼，但我可以告訴你的是，我很興奮，也很緊張，這些情緒全然都因爲你，讓此地充滿期待、充滿想像，我想知道的是所有關於你的點點滴滴，所以這晚的談話內容，我記不得了肯定是沒談到你的關係。

車子停在大馬路旁，幹民哥讓我下車，隨他穿過小巷，繞到樓房後面，爬上五樓。爸，讓我簡單告訴你，幹民哥的房子是共產黨政府給的，你返鄉那年他還沒有這間房，所以你沒見過，房子其實沒有什麼裝潢，到處可以看見水泥牆面，但我猜在黎川應該是不錯的了。幹民哥拿出「特級教師」證書，說道：「我打十三歲就加入共產黨，大江南北到處打仗，退伍後教書，在黎川二中教了幾十年書，升上特級教師就退休，縣城學生每逢過年還得成群結隊來向我拜年，老革命前輩嘛！哈哈。」爸，幹民哥在你加入國民黨軍後不久，他就加入共產黨軍，他說當時才十來歲，身子還沒槍桿高，還不是到處行軍打戰。我問幹民哥：「要在戰場上遇到我爸，怎麼辦？」「還能怎麼辦！」「幹民哥爲什麼加入共產黨？」「形勢比人強嘛，那時候國民黨已經兵敗山倒了。」

臨睡前，我同幹民哥索回所有你寫給他的信，原先我怕他不願意，想不到他竟一口答應，隨即從書桌抽屜中取出所有信件。爸，我會這樣做是有原因的，因爲對幹民哥來說，那些信不過是叔叔寫給侄子的信，我猜他以後搬家或者故去之後誰都會毫不留情地將之拋棄，但對我而言，那是你曾經留存這個世間的重要證據，無論如何是我都會珍藏的寶物。

隔天一早醒來，幹民哥帶我到大街上吃早點，回來後隨即剖西瓜給我吃。樓梯間傳來爽朗的笑聲，幹民哥說才叔來了，趕緊開門。我聽見幾聲趴搭趴搭爬樓梯的聲響，不多久才叔出現門前，氣喘吁吁的，還一面笑著問：「輝誠呢？」我趕緊站起來，跟才叔問好。然後我便大吃一驚！爸，才叔光著頭，微胖，佝僂著上半身，著一條白色汗衫、藍色短褲，右手還會不自主的抖著，簡直和你一個模樣。才叔蹣跚地走過來和我握手，笑著說：「回來就來！回來就好！」我同幹民哥說：「才叔好像我爸喔？」然後我扶他坐下，要幫他拍照，按快門時，我還喃喃說著：「才叔，你好像我爸喔！你好像我爸喔！」眼淚無法控制地汪汪冒湧出來，含著淚水還直說：「好像我爸喔……」才叔也汪汪地流眼淚，站起來抱我，一面哭一面笑著說：「你一定很想你爸爸吧？我也想我的哥哥。」我倆手抱著才叔，一邊流淚，一邊點頭。

爸，才叔堅持今晚一定要睡他家裡，他說：「外面的金窩銀窩，比不得咱們自家窩的溫暖。」我就沒再好意思說要住進旅台黎川同鄉會買的會館。整理好行李，才叔領我下樓，來到黎川最大的幹道上，水泥大樓矗立兩邊，很是粗糙。才叔隨即轉進一條巷子，約莫走了五、六十公尺，接出一條小道，兩旁建物景觀大變，全是櫛比鱗次的木造平房，商家林立，大多都是傳統行業，有打鐵的、賣金銀紙、雞鴨販子等等不一而足，街道向前遠遠蜿蜒，看不到盡頭，整個時光感覺彷彿倒轉了幾十年。才叔說：「這條街在黎川已經是碩果僅存的一條，連江西電視台前陣子還來這裡取景拍民初劇呢。不過，縣城更新，整條街都要拆遷了，我們後面這一頭已經拆得差不多了。」又走了近兩百公尺，才叔左轉進一條小巷，來到一戶磚造四合院前，對我說：「這一間就是張氏家廟，你爺奶和我們兄弟們從小住的地方。」爸，我知道這間房子的，這不是你日思夜盼的地方嗎？才叔跨過門檻，直往裡走，大門後是個小天井，左邊有個老婦人正在打洗衣服，右邊是個簡單的廚房，有門灶和一鼎大鍋，面前則是大廳，空盪無物，才叔指著左邊最後一間房間說：「這是你爸的房」，我趨前一看，上頭的屋頂已經殘破了，篩下一大片日光，木板歪斜散落地面，很是悽涼。才叔又指著右邊第一間房，說這是奶奶的房，右邊最後一間則是他自己的房間。現在都有人住，房門都上著一道鎖。走出門外，才叔指著外牆的磚頭說：「這上面還刻有張仁、張義的字樣，這兩位是我們張家的祖先，你爺爺當初在建這房子時，怕子孫任意變賣家產，所以就在磚頭刻上祖先的名字，同時把房子喚名『張氏家廟』，刻在門坊牌上，原以為這樣就可以子子孫孫永寶用，誰料到，一解放就被充公，分派給四、五戶人家使用，直到現在。」爸，到現在我才眞正明白，當初你那麼認眞，甚至願意花一大筆錢想盡各種辦法希望可以把殘破的張氏家廟要回來，我想除了深厚的感情之外，恐怕是想完成爺爺的心願吧。那就好像你在褒忠買的房子，經常有人提醒我說應該要處理掉，但那是你一生辛勞的成果，雖然你沒說過希望子孫永遠寶用，但那裡也有我深厚的感情，當然也還有你一輩子的心血，我是絕對捨不得割讓的。

轉出張氏家廟，才叔又領我到相距二、三十公尺外的一戶老舊木構大宅第，一進門便看見天井圍滿了人，每個人手裡各拎著舊式保溫瓶，簇擁在一口大灶邊準備提取熱開水。眾人見才叔進來，紛紛轉頭向他問好，才叔向他們回禮並且告訴他們我是他從台灣來的侄子，隨即領我穿過天井來到第二進右側廂房。才叔從口袋取出鑰匙，一邊打開門上的鎖一邊說：「這棟房子在清末民初是大戶人家的宅第，有一百多年歷史，解放後一樣派送給十幾戶人家，一間房一戶，廚房和廁所則是共用。」扭開門後的燈，出現一間髒亂的三角形玄關，左邊有一間約莫五坪大小的房間，房間的牆是木頭髹漆灰泥糊成，沒有地板，直接踩在黃泥上，一片薄板架在兩條長板凳上就搭架了一張簡陋小床，床邊有座木製書桌。才叔坐在椅上略作休息，然後指著床板緩慢地說：「八八年你爸回來時，就和我同擠在這張床上，我太太和我女兒就睡在外頭。」我一聽這話，爸，我就在想，我們褒忠的房子不曉得強過這裡幾百倍，要叫我住在這裡，那我寧願住進黎川會館還舒適些，可是你卻安心地和才叔擠睡在這裡？才叔這時又說：「那晚我和你爸就在床上聊，聊兄弟分手後四十年來的點點滴滴，你爸吃的苦我全知道，我吃的苦你爸也全知道，兩個人就這樣手握手聊到天亮，畢竟四十年啊，兄弟倆沒機會說過話啊。」爸，兄弟契闊半生忽然因緣重逢，這是我無法體會的，也因此你才無暇計較環境的好壞吧?可我知道你心疼自己的弟弟住在這種地方,要不也不會在返台後就想寄錢給才叔修整房子。

轉出才叔舊房,重回老街,間隔約莫十來戶店面,才叔忽然停下腳步,指著一爿商家說,這裡就是我們張家過去的商行。才叔雲淡風輕地接著說,彷佛那是別人家久遠的軼聞:「你曾祖父張秩,和祖父張少東都是中醫,到了你祖父上,忽然棄醫從商,買辦起南北貨,南貨就是些雪梨、墨魚、魷魚之類農產品,北貨則是布匹、牙刷之類的日用品。剛開始只是小本經營,後來竟越做越大,東到福建、上海,西到湖南,北到安徽,南至廣東,都有販點,儼然成了大盤商,你爺爺招呼不及,就讓你大伯張逢春,就是張幹民的父親,專跑外務,你二伯汪震單管內賬,店面沒人料理,你爸當時念小學,便被叫回來守店面。」爸,一直到現在,我才終於知道,爲什麼你只念到小學,我有點兒埋怨爺爺爲了一點利益便犧牲掉你受教的權利,但那時候你回家幫忙的心情到底是怎樣呢?是很驕傲?還是很無奈?驕傲自己小小年紀就能鎮守一店?還是覺得讀書比做買賣有趣多了?我現在回想起來,爸,你眞的和一般工人不一樣,你既不抽菸也難得喝酒,假日也沒啥休閒活動,鎮日坐在書桌上研究中藥典,原來都是這般緣故,是爺爺的關係吧?「後來你大伯張逢春吃喝嫖賭樣樣都來,還包養了當時上海最紅牌的妓女小雪雲,三個月隨身伺候四處經商,蝕了商行本錢,周轉不靈,一下子就倒閉了。你大伯偷偷回來把家廟旁的房子變賣,舉家逃到福建光澤去。」

爸，我在想，會不會我一回頭，像玩一二三木頭人那樣，再轉過身來，就撞見你從後方的家廟走出朝商行前進；再一轉身一回頭，又看見你站在雜貨間正招呼著客人；再轉身又回頭，會看見你伏在桌上認眞地拿筆記著賬；再一轉身一回頭　　。爸，但你知道，這個在一旁默默觀望你的人，多年之後將是你的小孩嗎？並且是非常想念你的最小的兒子嗎？你會不會這樣對我說：「先生，買點什麼？」

「先生，買點什麼？」的聲音的確此起彼落，才叔已經走進一處市場，入口的攤販不斷喊著。右邊地上有幾門鐵絲箱籠，裡頭有很多剛出生的雛鴿，才叔說：「黎川人只吃幼鴿，不吃成鴿的。你四叔貴叔退休後在家裡養鴿子，孵育的幼鴿就拿來市場賣，一隻一塊人民幣，每個月還能掙幾百塊人民幣，比每個月六十塊退休金還好。」然後我又看見幾籠箱子裡有大大小小顏色不一的狗，我順口問：「市場還有賣狗當寵物的啊？」才叔說狗崽子是宰來吃的，顏色、體型不同價格各異。

市場盡頭左邊有一棟紅色長條型雙層公寓，才叔新買的房就在二樓，我扶著才叔爬上二樓，走道上短牆已經備好一串鞭砲，才叔從口袋摸出打火機，對我說：「你父親八八年回來的時候，我也是這樣歡迎他的！」然後彎下腰去，點燃鞭砲。就在鞭砲霹哩壢趴鬧響的時候，爸，我眞覺得才叔是個可愛的人，他心裡很高興自己的哥哥回家了、高興自己的侄子回家了，他高興地全然不知道該用什麼儀式才能準確又完整地表達內心盈溢的喜悅，於是他用極奇特的方式，像歡迎友國元首到訪時所用的禮砲，只不過禮砲是小了些。也就在這些小禮砲霹哩歷趴鬧響的開道之下，爸，我們回家了。

爸，才叔新買的房你沒見過，讓我稍稍爲你描述一下：一進門是小客廳，擺一張飯桌，飯桌右邊有兩個小木椅，木椅前有台黑白小電視，木椅後則是廚房，進廚房拐左手邊有間廁所。飯桌右邊有兩間房間，各擺有一張床和化妝檯。室內面積約有二十坪左右，光線明亮，通風，乾淨，比起舊房那不曉得好上幾倍。才叔說這是他退休後每月領二百元退休金再加上到私校任教，辛苦攢到二十萬人民幣買的。爸，這一點和你很像，你也是靠自己胼手胝足賺下褒忠的房子，所以我就是學你們，我後來也靠自己的力量買了一棟台北的房子。這一點，我們父子叔姪都很像。

才叔領我到屋後陽台，是條河耶，才叔說這是黎河，小時候你們都在這裡戲水，黎川地名就從這條河來的。爸，現在黎河正值夏季，河面寬廣，約有兩箭之遙，河上居然有兩三艘竹筏子，上頭各立著七八隻黑色大鸕鷀，漁人撐著篙，鸕鷀陸續破水捕魚，我大吃一驚，還以爲來到桂林呢！爸，你們那時候也有這玩意嗎？

快到傍晚時，幹民哥和二伯汪震的兒子汪一民都來了，才叔的養女秀娟和她丈夫、以及抱在懷裡的女嬰也都來了，才嫂忙著張羅一盤又一盤佳餚，大家不曉得該說些什麼好，也就有一搭沒一搭地吃著、聊著，忽然聊到貴叔，幹民哥便說：「我們作晚輩的，也不好說些什麼，等你明兒個見識到了，你自己推敲。」一民哥接著說：「明天我會帶你去見貴叔。」晚餐結束後，眾人各自散了。才叔和才嫂拿保溫瓶回舊房那裡取來五瓶熱水給我洗澡，怕我不習慣洗冷水，我把保溫瓶裡的熱水倒進大鐵盆時，爸，我又想起你了，想起我們過去一同共浴的許多畫面，以及你從大陸探親回來後經常叨叨絮念著：「再過兩年等你成年了，咱們父子倆一塊回大陸，讓親戚們瞧瞧，我張炳榮有個好兒子。」只是計畫一直沒實現，後來又聽你說要等我大學畢業、等我退伍、等我研究所畢業、等我結婚、等我有小孩，才要一起回大陸。但是，爸，我必須向你坦白，當時我眞的完全沒有興趣，因爲黎川對我太過陌生，那些素昧平生的伯叔堂兄弟姊妹更是一點吸引力也沒有，我還寧願回褒忠、回蔥子寮，但我現在卻好想和你一塊回到這裡，聽你得意地在親友面前說道：「這是我張炳榮的好兒子！」然後同在這個小小的鐵盆裡一道兒洗澡，聽你滿足地舒一口氣：「回家眞好！」

洗完澡，才叔和我在客廳閒聊，我同他說可不可以講一下我爸以前的事。才叔便開始說雜貨行倒了之後，你跑去學木匠，當時木匠分大木和小木，大木是蓋房子、糊泥水；小木是製家具，學了幾年，你出了師可以獨當一面，就和黎川一名女孩劉才英訂婚，你還自己打了一套嶄新家具，有床台桌椅，準備大囍新房之用。當時國共內戰已經打了好一陣子，情勢漸漸危亂，胡璉軍長在徐蚌會戰吃了敗戰，所屬的三五三團退守黎川，當時軍隊裡只有官沒有兵，便下令一甲一丁，凡家裡有兩丁抽一丁，三丁抽兩丁，五丁抽三丁。當時大伯已經逃到光澤去了，二伯當鎮長，可免徵召，你不想去當兵，所以跑去當警察，剛開始警察還可以免召，但到後頭兵員不夠，連警察都不能倖免，你就開小差溜到光澤去找大伯避避風頭。才叔當時是縣府科長，也可免召，充補兵源的責任就輪到貴叔頭上。當時丁壯大多想盡辦法逃避徵召，三五三團團長楊罡見勢頭不對，公開槍斃了幾人，重新申令凡抗丁者殺，大家都嚇到了。才叔說你爲了不讓大弟貴叔去當兵，所以又從光澤回來，向軍營報到。才叔感慨地說：「你這種犧牲小我的精神，在兄弟間最是難得。」

才叔又說你最重兄弟情，他在縣府當科長時，你一聽縣長要來家拜訪，單身一人上山砍木，足足有一個月，當時才叔還在南昌受訓，等和縣長一同回到家，才發現自己的房間已然修治整齊，煥然一新。詢問之下，奶奶才說：「你火根哥，怕縣長來家，房間破舊落你面子，把裡外都整治過了。」又譬如說商行倒了，汪震家沒米，他也會送米過去，救急緩難。才叔下了一個結論：「你爸就是這種人。」

爸，接下來就是才叔的故事了，我想你應該聽他說過，所以我盡量簡短，好喚醒你的記憶罷了。解放前，才叔自學考上戶籍技士，一路升上縣府戶政科長，委任五級，科長期間讀完協和大學英語函授班，後來加入民社黨，擔任黎川縣籌備會籌備員兼宣傳主任，接受蔣經國在南昌舉辦的省訓團，政治前途一片看好。可惜解放後，立刻被劃爲黑五類，革命反動骨幹，判刑五年，到東北勞改。東北勞改第二年，因爲東北缺少人才，所以在勞改營中舉行考試，挑出一批好的人才接受教育。才叔在寒天凍地下苦讀終於通過考試，教導他們的是曾任中美合作團員，芝加哥大學畢業的彭止戈先生，他搭的飛機正準備飛往台灣被共產黨攔了下來，也被分到東北來勞改，彭先生開班授課，專教經緯、水平和畫圖。才叔後來考上黑龍江省探測技術員，參與佳木斯大橋的興建，同時也在佳木斯市聯江口中學和筆架山中學教英語。每天仍在勞改營裡，上工時由一輛軍車載出，在車上才把紅色的囚裝換掉。一九五六年，服刑期滿，參加就業人員考試，正式被評爲測量技術員。但戶籍已被改成佳木斯，不能遷回黎川，仍在黑龍江省探測隊裡工作。一直挨到一九七〇年，江西省欠缺英語師資，借調才叔返贛任教，這一轉眼已經過了二十年，才又重回故鄉。返贛後不久又遇上插隊落戶，下放農村到德勝關中學和農安中學教英語，一直要到一九七八年摘帽子平反運動，才叔才恢復了人民資格。因爲先前有政治汙點，所以即便他在教學上有傑出表現，被評爲縣級教育先進工作者、優秀班主任，才叔也只能升上一級教師，不能像幹民哥一樣擁有特級教師身分。爸，這就是才叔的故事，你應該記得的。

才叔感嘆地說：「要當初是你貴叔去當兵還好，他文化高，可任軍官；我去當兵更好，科長委任五級直接轉任營長，退伍時起碼是個少將；你爸要留在大陸最好，純工人階級，最吃香。」可這誰說得準呢？爸，要都能早知道，世間還有苦難嗎？

隔天一早，幹民哥來接我，一起走到老街招了一輛電動三輪車，往東郊開，來到一處舊倉庫，踏進一條草路，抬頭可以望見遠處黎川一隅，下坡時便看見壘壘的墳塋盤據在斜坡，墳塋圓而小，高而尖，像山東饅頭立起來那樣，兩個墳塋間落差極大，且長滿雜草，高及胸肩，不便行走。幹民哥敏捷地從草路跳上一座墳頂，然後像跳棋般，從一座墳頂跳上另一座，我也跳上緊跟在後。約莫跳了二十來座，幹民哥探身下去，撥開雜草察看墓碑，發覺不是，又攀上墓頂，來回找了七、八座，才終於找著了爺爺的墓塋。爸，爺爺的墳是你寄錢來新建的，墓體有用水泥糊起，可惜貴叔並沒有照你的意思把爺奶的墳合葬在一塊，就連奶奶的墳在哪，也只有貴叔家裡的人才知道。爸，後來你行動不便，就算眞回來了，要怎樣跳過這一座又一座的墳塋來和爺爺會面呢？幹民哥取出鐮刀，割淨墓前雜草，先燃了兩串短砲，上香，幹民哥嘴裡喃喃著：「爺啊，根叔的兒子從台灣來看你了，你保祐根叔全家平安。」爸，我在爺爺的墳前告訴他說：「爺爺，我爸死了，他生前非常想念你，經常想要回來看你，可是現在沒機會了，所以我就代替我爸來看你。」

祭拜完畢，幹民哥又往西北邊跳，探身找了幾回，找著另一座墓，那是幹民哥的母親，燕俚嬸的，一樣點了兩串短砲，上香，幹民哥說：「媽，根叔的兒子從台灣來看你，你保祐根叔他們小孩全家平安。」爸，我不知道該和最照顧你的燕俚嬸說些什麼才好，只是靜靜地拿香行儀祭拜。

結束後，幹民哥領著我跳出墓場，搭原來的三輪車回到縣城裡。一民哥已經在半路等著，他要帶我去貴叔家。爸，看來幹民哥和才叔都不和貴叔往來了。

一民哥閃入小巷裡，彎來繞去，轉到一家獨棟挑高磚造房，房子略顯老舊，前庭還用籬笆圍著。一民哥在籬笆前大喚：「貴叔，根叔的小孩來了。」只見一名佝僂的老人走出正門，後頭快走出一名年輕人趕忙開門，老人和年輕人都沒說話，一民哥便說：「根叔的小孩來給大娘上墳。」爸，這位老人就是貴叔，和你八八年回去時的模樣已經大不相同，開門的是貴叔的三兒子張嘯明，場面有些尷尬，因爲我知悉太多你們兄弟之間的矛盾，以至於貴叔心裡也還留著疙瘩吧。我坐在客廳，貴嬸端出茶水，等候貴叔和嘯明備妥器械。爸，奶奶的新墳就在貴叔家後的山坡上，嘯明拿著大鐮刀辛苦地除出一條小徑，貴叔和我攀著草莖直往上爬，貴叔在前頭忽然說：「你爸對我有些誤會。」然後就沒說什麼，語氣夾帶歉意和遺憾。爸，你聽到這話還會像平常的火氣罵道：「媽咧個屄，淨叫妯娌們攢奪兄弟感情」嗎？嘯明找著了奶奶的墳，貴叔擺妥紙錢，先燃響兩串砲，點火上香，對著墓碑說：「阿娘，根哥的小孩來看你了。」爸，我在心裡告訴奶奶說：「奶奶，我爸最怕你了，他經常說：『我要有你奶奶的十分一凶，看你們怎麼活下去！』可他又最想你了，逢年過節就會帶我到村外給您燒紙錢，他從黎川回台灣後，就把你的相片烙在瓷磚上，擺在二樓祖先龕上，早晚上香。可是奶奶，我爸過世了，我特地來告訴你這個消息。奶奶，我想讓你知道，我爸怕你就像我怕他一樣，而他在生前想念你就像現在我非常想念他是一樣。」

祭拜回來後，貴嬸已經燉好一隻雛鴿，我不好拒絕，勉為其難吃完。然後貴叔的兒子嘯明騎著他的變檔機車，載我往西邊閒逛。我們年紀相近，可以自在地聊，嘯明在黎川鄉間當國小教員，每月掙九百塊人民幣，他很有自己的想法，既不趨尚流俗，也不逢迎拍馬，但也因此困守鄉間，無法施展。嘯明的機車駛出縣城，經過一座大橋，沿著一座高崗不斷上坡，最後來到一座涼亭，亭前縱目俯瞰，黎川全貌豁然出現腳下，彷彿觸手可及。爸，這就是你的黎川，完完整整的黎川了。可見黎河從東北方漫擁而來，貼著縣城邊緣一路往南而後切向西邊而去，黎河外有無邊際的綠田，黎河內則充斥著新舊不一的建築物。爸，天地雖大，但是我定神所在，努力想辨識、定位、放大的仍是眼前東南方的舊街區，那裡才有張氏家廟、張家商行，才有你曾行走的痕跡，然後我無由來地憑空想像你從這一街走向另一街，從這一區踅向那一區。爸，我貪心地從這個角度拍了好幾張照片，一些要燒給你，一些會夾在我的書桌上——畢竟這是我們父子倆今生的桃花源——只能短暫停留，卻無緣久住。

回到貴叔家後，一民哥已經在等著接我去他家吃晚餐。爸，你不要生氣，我私底下拿了一些美金給貴叔，告訴他說這是你生前交代的一點心意，貴叔剛開始還推辭著，我很笨地問說是否太少，貴叔答說：「這數目很多了！」拗不過我的堅持，貴叔總算收下。爸，貴叔家境眞的不好，才叔說他還有舊封建「多子多孫」思想，一口氣生了五男三女，食指浩繁，家計也就格外吃緊，幾個小孩除了嘯明之外，全都在上海等大都市打零工（眞希望他們不是所謂的盲流），兒女自顧不暇，更別說能沾潤到貴叔身上。貴叔每月僅有六十塊人民幣退休俸，不得不在廚房邊養起鴿子，鬻鴿維生。爸，你寄來修墳的錢，雖然被貴叔挪用不少，但那也是情勢所迫，所謂生者猶艱，如何顧及死者？爸，我來看過這麼一回，知道貴叔的苦處，我想你應該能體諒他的，就像我小時候把繳書的錢偷挪去繳全班當時都在喝只有我沒喝的牛奶錢（雖然我不喜歡喝牛奶，但更不喜歡處在團體之外的感覺）我原想你會痛打我一頓，可是你知道了之後，卻說：「爲什麼不早點說？就算再窮，老爸也會想法子給你喝牛奶！」爸，所以我替貴叔說了，你要還活著，只怕也會原諒他吧！

來到一民哥家，嫂子已經準備好晚餐。一民哥的房子就像才叔以前的舊房一樣，也是百年老宅的一個單位，只有一個房間和一間廚房，很是簡陋破舊，廁所也是公用的，遠在三十公尺外。一民哥就在黎川打零工維生，兩個小孩在廣東打工，年節才能回來。爸，我特別問起一民哥的小孩，以前他打工時曾被高壓電電擊，你火速寄錢去救治的那個，他術後現在一切安好，如今在廣東學功夫。沒過多久，才叔和幹民哥都來了，我們吃了最後一頓晚餐，因爲隔天我就要回台灣了。離開一民哥家之前，爸，我又用你的名義拿了些美金給一民哥，當晚他拗不過我，勉強收下，可是隔天離開時，他又從車窗塞還給我。爸，一民哥眞是有骨氣的人，就像他小孩當初受傷，之後你還一直寄錢給他，後來他回給你的信我都看過了，他說「根叔，你一人在台灣總要留些錢在身上，以後我們得靠自己，你不要再寄錢來了。」爸，一民哥他不是見錢眼開的人，我想你也很欣慰吧。

回到才叔家，已經是晚上，才叔終於和我談起他和貴叔兩人兄弟失和的事情。爸，這件事你早知道了，我也從他們寫給你的信得知始末，只是這次是聽才叔自己講，他口氣已經平淡許多，畢竟事情也過了好些年。當初才叔把自己唯一養女秀娟嫁給貴叔第四個兒子嘯松，原想親上加親，又可彼此省去聘金、嫁妝費用，減去雙方負擔。當時簡單辦了幾張酒席，兩家歡歡喜喜地舉行訂婚禮，還拍了張大合照（才叔還用這張大合照一一告訴我哪些人是誰誰誰）。訂婚沒多久，嘯松便接去秀娟同住，這本是好事一樁，糟就糟在兩人不小心懷了孕，這在台灣其實也沒什麼，但在大陸可就麻煩，因為中共政府為控制人口爆炸，實施一胎化政策，凡要生小孩都得報備，取得准生證方許生育，而違反規定者一律重罰兩萬塊人民幣。才叔當時還住在舊宅，努力存了一筆錢要買新房，貴叔、貴嬸也知道才叔手頭寬裕，就把罰金推到才叔頭上，還到街坊委員會張揚大鬧，並且百般刁難秀娟，最後還把秀娟送了回來。才叔氣不過，帶著秀娟去醫院把胎兒打掉，並找人關說總算免除罰金。此後，兄弟兩人交惡，絕不往來。爸，那時候你收到貴叔、才叔的信，經常聽你氣得大罵：「媽啊個屄，淨教妯娌攏奪感情，好端端兄弟搞成這副局面！」你把原因怪在才嬸和貴嬸身上，可這其實都是貧窮惹得禍啊，貴叔一家生計艱困，做出了逾越常理之事，就像幹民哥說的：「實在太不厚道了！」唉，這麼令人難過的事，作為晚輩的我，還能怪在誰的頭上呢？我一直記得才叔說完這件事之後，他回想起當初剛開放探親時，才叔和貴叔跑去追探親團的遊覽車，到處問有沒有人認識「張炳榮」，等問到有認識的人，他們倆歡天喜地地寫信，託人帶訊，終於和在台灣的你取得聯繫，而他們當時又是抱著怎樣的兄弟情誼啊。後來你八八年回到家鄉，才叔說他和貴叔在街上等車，兩個人心情都很緊張，畢竟已經四十年沒見面，會不會一見面卻認不出來，等到遊覽車一接近，才叔和貴叔一眼就從遊覽車認出你！這又是怎樣的兄弟情誼啊！可是才過幾年啊，竟一敗塗地到了這種地步，讓你意想不到，沮喪難過，失望透底。

隔天一早，才叔牽著我的手，順路先到中藥局買了五瓶杞菊地黃丸、一瓶歸脾丸，才叔說：「你念研究院，經常要看書，這杞菊地黃丸能滋腎養肝明目，歸脾丸能益氣健脾安神，你帶著回台灣，三餐服用，當有助益，這是才叔的一點心意。」爸，這多像你的話啊，你以前動不動就和我說六味地黃丸有多好，要不就說天王補心丹多有神效，可我都愛理不理，一點都不想嘗試。可現在才叔用了近半個月的退休金買來的這六瓶藥盒，我卻感覺如獲至寶似的，因爲那裡頭恐怕有你甚至是爺爺一脈相傳的心意，是我們張家中醫世代相傳的慣習，只是很不幸的，到了我這裡，卻斷了、散了、消失了。

到了車站，幹民哥、幹民嫂和一民哥都來了，貴叔家裡沒人來，這樣也好，省去尷尬場面。幹民哥先前一直說要讓我帶些土產回家，我告訴他說現在台灣一律禁止農產品挾帶入關，他有些失望，後來得知你經常講說三國、水滸故事給我聽，他特地請人火速從南昌調了兩套三國演義、水滸傳光盤，當作送我的禮物。幹民哥的熱情，爸，你從這裡就可以知道，你一定會說：「總算沒白疼這個侄子」吧？我左手食指還有一枚金戒指，是才叔昨晚送的，我百般推辭，才叔極力堅持，說：「你將來結婚，我們也沒辦法寄禮金去，就權當是才叔先給你的吧！」我只好收下，爸，希望你不要生氣才好。才叔還說：「將來三通後，我還打算從廈門去台灣看看你們。」我跟他說：「我自己有車，可以帶才叔到處玩。」

從黎川開往南昌的九人小巴士就要開動了，我坐在窗邊，望著才叔、幹民哥、幹民嫂、一民哥，他們站著微笑對我招手，我也向他們揮手。車子逐漸啓動，忽然間，我好難過，眼眶打轉著淚水還要強顏歡笑揮手，那感覺就像每年寒暑假結束我要回台北念書，阿母站在車站口孤零零地和我揮手道別的心情一樣。我隔著車窗喊：「才叔，我會再回來看你們的！」可是，爸，這句話五十年前你不也曾喊過，可什麼時候才又能回來？一晃眼，四十年！後來還想回來，連機會都沒有了。我喊著喊著，彷彿回到我們一起告別黎川的時空，凝眸回首，漸行漸遠的車隊、漸行漸遠的城鎮、漸行漸遠的農田，然後輕聲念道：「再見了黎川、再見了親人、再見了漫長的歲月。」

出黎川，隔壁縣就是南豐，現改名撫州，幹民哥的長子就住這裡，唐宋八大家之一的曾鞏和明代傳奇作家湯顯祖祖籍也都在此，可謂名聞遐邇，但我沒敢稍作停留，就連南昌名勝的滕王閣、鄱陽湖，或者附近的景德鎮，我也都沒去。我直接搭車住進了南昌機場旅館，等候隔天早班飛機飛香港轉台北。

爸，我知道，不能誤了晚餐，你還在等我買牛肉回家。等我，趕回你的墓前，一五一十向您報告返鄉的點點滴滴。唯有這樣，你才會滿意地說：「不愧是我張炳榮的好兒子」吧？

從軍考

我們家客廳左邊牆上貼有兩張地圖，一張是台灣全圖，另一張則是中國全圖，這兩張地圖父親不知從哪弄來的，地圖剛貼好後不久，父親特地用紅筆在台灣地圖上標出我們家所在地：雲林縣褒忠鄉。同時指著中國地圖的一塊區域對我說：「江西省在這裡，咱們老家黎川縣在東邊，地圖上沒標出來，我畫個圈在這兒，你要記牢了。」我當時滿肚子疑惑，比方說父親是在什麼情況下離開家鄉、又是怎樣翻山越嶺、涉水渡海從黎川來到褒忠呢？當時候我沒敢問，只是這一猶豫，就永遠沒了機會。

父親過世之後，出於一種懺悔補咎的心情，我開始對父親曾經存在過的時空、事件產生極大興趣。弔詭的是，這些與父親並存過的時空、事件，父親在生前卻很少論及，特別是關於自己的身世以及那個風起雲湧的大時代；或許應該這樣說，父親即便談過，那內容恐怕只是萬千拼圖中幾個零落的片塊罷了，於我這個聆聽者，決無法藉此拼湊出一個完整的當下全貌；另一種最有可能的情況是，父親曾不厭其詳地談論他的過往，卻因爲不斷重複，以至於我不勝其煩，左耳進，右耳出，因而故意輕忽，不當一回事，導致遺忘了。

往者已矣，即便我已經成熟到不再厭煩，甚至願意全神貫注傾耳聆聽，但敘述者已然遠逝，不可能再提供任何訊息了，因此出於一種懺悔補咎的心情，我不能自已地使用學院中習得的考據方法，下意識地去勾勒我最親近卻也最陌生的父親，試圖去逼近他眞實的人生，從而知曉他一生的喜悲哀酸，究竟如何形狀。

而這一切，最遠可以從日軍侵華開始，一直持續到古寧頭戰爭，但我決定從一場國共著名戰役開始，因爲這是一個重要轉捩點，對中國、對我父親都是。

一九四八年十一月上旬，徐蚌會戰的態勢已然成形。

徐蚌會戰，大陸稱此役爲淮海戰役，這是國共內戰三大戰役的第二仗。這場戰役發生的幾天前，共軍才剛在東北地區殲滅了一個剿匪總司令部、四個兵團、十一個軍部、三十三個師，共計四十七萬二千餘人，順利在遼瀋戰役中打贏了仗。也因此總兵力上升至三百萬，首度在兵員總數上超過了國軍。

徐蚌會戰的戰場就在黃淮平原上江蘇、安徽、山東、河南四省交界，此處地勢平闊，沃野千里，其上有兩條垂直交叉的鐵路，東西線是鄭州到徐州的隴海鐵路，南北線則是天津到上海的津浦鐵路，兩條鐵路的交會點正是徐州，這一帶自古以來就是兵家決戰之地。

共軍打勝了遼瀋一役，很快地整軍備武，並在極短的時間完成中原一帶部署：劉伯承、鄧小平率領的中原野戰軍已然進駐徐州以西的開封一帶，陳毅、粟裕的華東野戰軍則駐紮在徐州東北的臨沂一帶，兩股勢力共計六十萬人，分別從東北、西北邊向徐州進逼。而國軍在蔣介石的指揮調度下，徐州一帶以徐州剿匪總司令劉峙兵團爲主，漢口一帶以華中剿匪總司令白崇禧兵團爲主，共計兵力七十萬人，築起一道抵禦防線。大戰一觸即發。

山雨欲來風滿樓，緊張情勢的風頭其實早就先一步颳進了我們老家江西省黎川縣，徐蚌會戰一觸即發的前三年，也就是一九四五年底，抗日戰爭剛剛結束，國共兩黨的談判最終決裂收場，中國內戰全面爆發，國民黨爲充實兵員、補足軍款軍糧，四處徵兵要糧。不用多久，如火如荼的徵兵要糧動作也衝進黎川這個山城小縣鎮了。這回徵兵，據我大堂哥張幹民敘述，我爸他選擇了悶不吭聲地逃了，用我祖母的話就是：「根俚（父親小名）打瓜精了！」當時父親有五個兄弟，勢必要出一個丁。但父親長兄張逢春曾於一九四二年被抓丁，送往前線，之後在抗日的戰役中掛了花，身中三槍，兩顆子彈分別從肺、腿中開刀取出，另一顆子彈一直留在腹中，轉送後方傷兵醫院，得以退役返家。也因此，戰事即便又起，因是傷兵就不用再接受徵召了。至於父親同母異父的二哥汪震，因祖父晚年經營協興雜貨店頗有盈餘，特意讓他進入私塾、再進縣立小、中學接受教育，成爲縣城名流學者的學生，後來更藉此身分及關係得以進入政界，當上了新城鎮鎮長和縣倉庫主任等職，這些職位在當時提供了他一道保護傘——公職得以免除徵召。一下子，徵兵的空缺份兒就輪到父親身上了。

早先戰事還不吃緊時，祖母爲了讓後頭三個小孩不受徵召，讓汪震出面安插父親到縣警局當警察，又將老四張炳輝、老么張炳炎送進省立章貢中學讀書，當時規定警察和中學生都可免徵。後來，戰事吃緊，又有了新規定，一家有兩兄弟者，連警察也要徵召入伍。祖母思前想後，決定讓父親去充丁，好把得來的安家費供應老四、老么讀書之用。這時候，父親的大哥雖然已經到福建光澤、卲武、南平一帶幫販運鹽商作夥計，但所賺有限，供不起兩名幼弟讀書花費。祖母持家也出現一定困難，經常左支右絀，入不敷出了。

祖母要讓父親去當兵的消息，先被奶媽的兒子潘夥俚意外獲悉，火速地轉告了父親。據當時還年幼的大堂哥回憶，那一天下午，父親昂首對著天井的屋脊，兩眼發楞，然後眨巴了幾下，哼一聲，把警察的大盔帽正了一正，回頭對大堂哥說：「長孫（大堂哥小名），跟你娘哇，我去了！」當時廳堂上只有叔姪兩人，大堂哥說他點了點頭，隱隱約約感覺到什麼，也希望父親快點走，父親說完話後，便直出張氏家廟的大門，頭也不回地走了。

隔天一早，只聽見祖母在廳堂裡叫：「根俚打瓜精了，該就坑了貴俚（四叔小名）、才俚（五叔小名）囉！」大伯的妻子燕嬸偷偷告訴大堂哥：「根俚能走，是他的運氣！」不過還好，後來情勢演變沒像祖母預料得那樣糟，徵召的腳步只到了警察身上，一時間還輪不到中學生，貴叔和才叔倒也相安無事，繼續就學。

父親走後，大堂哥很是記掛。原來大堂哥和父親兩人感情自小就極爲深厚，大堂哥是大伯張逢春的獨子，也是張家的長孫，據大堂哥回憶，他在五、六歲時，凡逢上正月十五、十六鬧元宵時，街上都有滾龍燈、踩高蹺等表演，路上人山人海，好不熱鬧。父親就會帶著大堂哥跟在人群後面擠挨著看表演，有時候人群過多圍得密不透風，小孩子太矮看不著，父親就讓大堂哥騎在脖子上，用手抓住他的小腳踝，歪著頭問：「看到了嗎？」

大堂哥入學後，有一天發現父親不見了，到潘家契婆（父親奶媽）處打聽，才知道父親經她介紹去學做大木工（用木頭構建房屋），吃住都在師父家。一別三年，父親滿師了，仍跟著師父鋸木板、打榫眼、幹粗重活。又過三年，手藝學得更好了，工錢也一年一年積攢著。有一天父親歇工回家，弄了兩兩不到一米的杉木頭，立在廳堂靠天井的柱子上，畫好墨線，用鋸子從上往下鋸成兩公分厚的一塊塊薄板，然後把薄片拼起、刨光、打榫眼，再拼、再刨、再打榫眼，整整花了三天時間，終於打成一個長六十公分，寬四十公分、高二十五公分的木箱。大堂哥說因爲父親是學大木的，不太會做小木的活兒，打箱子就顯得笨手笨腳的。當時父親在凳子邊打準眼，大堂哥就在另一頭替他把椿，可以感覺到父親做得很吃力，祖母和貴叔都說：「打一個箱子要三、兩天，太慢了！」燕嬸則說：「根俚是學大木的，打得起來就很不錯，這個木箱子，榫頭碼得牢，滿讚！小木師傅還打不出這樣滿讚的箱子呢！」

父親離家後，了無音訊，直到一九四六年十二月，大伯把大堂哥母子接到福建光澤同住，大堂哥才發現原來父親逃來這兒。大伯和父親之所以先後來到光澤，起因於遠房一個叫張炎生的侄子，他在茶室街尾端開設一家專門接待從貴溪、資溪、順昌等地過往推土車腳伕的飯店，飯店有五、六間客房，起先大伯全家三人就同住在一間客房，後來才又再另租了飯店隔壁廳堂的一間房子住，並且在後院養豬旁邊搭了一間廚房，從此父親就每天從租賃處一起來用餐。通常父親早上七點上工，若工作地點遠，就用一節竹筒子，先添上飯，再鋪妥菜，燕嬸總會煎好一顆荷包蛋蓋在上頭，又補夾青菜、蘿蔔之類的菜；若工地不遠，中午就回來一起吃飯，吃完飯到房裡休息一下再上工。有時就在住處附近鋸木板，父親會和另一名工人對拉解木，從早到晚推拉鋸送解開幾十根大木頭。大堂哥便趁著下課，從學校溜回家提一壺冷開水到父親解木頭的祠堂處送水，有時放下水罐子後還貪看了一會兒解木板，待得久了，父親便會喝道：「還在這裡玩，快去上課，晚上我會檢查作業，做不好我會蓋螺絲！」

冬天時，父親回家吃晚飯，都會背一捆刨皮、剁片，當作柴燒。用完餐，燕嬸會把洗曬好的衣褲放到廚房，打好熱水讓父親洗完澡再回去歇息。一到夏天，父親便到閩河裡去洗澡，大堂哥經常跟著，洗完澡父親便帶著大堂哥到茶館裡聽說書、聽唱小戲，像薛仁貴征東、水滸之類，每每聽得欲罷不能。

這樣在光澤過了兩年多，情勢緩和一些，父親和大伯分別於一九四七、八年間前後重回黎川。過不了多久，徐蚌會戰就爆發了。

一九四八年十一月六日，共軍中原野戰軍一分為二，一部由鄧小平、陳毅指揮，主要負責切斷津浦鐵路徐州南至蚌埠的聯繫，另一部由劉伯承指揮，負責牽制由西南方增援的黃維第十二兵團。共軍開始大舉進攻徐州東面地區，首先直指隴海鐵路東段的國軍黃百韜第七兵團。這時候，第七兵團正奉命從東方往西邊的徐州方面靠攏，因須接應第九綏區自東海西撤，因而遲至十一月六日清晨始在一片混亂中西渡運河，安全撤抵碾莊。糟糕的是，八日當晚，負責防守徐州東北地區的第三綏區兩個副司令官率第五十九軍大部及第七十七軍投降，使得原先進攻的共軍得以順利渡過運河，直驅隴海鐵路上之曹八集（六義集），截斷了第七兵團西退的路。十一月十日，第七兵團正準備繼續西撤，忽然收到徐州剿總劉峙軍電令：「以碾莊為核心，行內線作戰，待援軍到達後與匪決戰。」於是第七兵團即以碾莊為中心，占領周邊據點，構成四周防禦。此時共軍各縱隊正迅速部署，至十一日，已完成對第七兵團之戰術包圍，並立即展開攻擊。十一月十三日徐州剿總以邱清泉第二、李彌第十三兩兵團東進支援第七兵團，沿途遭共軍頑強阻擊，迄十七日始推進六至十五公里。碾莊裡的第七兵團則遭受共軍日夜進攻，奮戰十餘日，至二十二日，全軍覆滅，兵團司令黃伯韜將軍壯烈成仁，徐蚌會戰第一階段碾莊作戰結束。

黃百韜被包圍時，蔣介石在南京軍事會議上大罵：「徐淮會戰實為我革命成敗、國家存亡最大的關鍵。」並立即派出自己得意門生杜聿明到徐州，擔任劉峙副手，實際指揮前線，並增調軍力至八十萬人。

共軍於碾莊殲滅黃百韜後，確立了第二階段目標：先攻黃維。黃維是蔣介石的得意門生之一，所率第十二兵團，更是蔣介石嫡系精銳部隊，下轄十二萬軍官兵，其中第十八軍全副美製裝備，是國軍五大主力之一。黃維部隊本駐紮在桐柏山一帶，因黃百韜被包圍，蔣介石下令緊急馳援。黃維受命後，即日夜兼程北進增援徐州，才到蒙城，就得知黃百韜兵團已被殲滅。徐州總部即令原先東進馳援的邱清泉第二、李彌第十三兩兵團向徐州緊縮，黃維見情勢危急，也急於向徐州靠攏。十一月二十三日，即黃百韜被殲滅的隔天，部隊進駐澮河北岸。二十四日，十二兵團全面發起攻擊，共軍堅強防堵，激戰至二十五日，第十二兵團的四個軍和一個騎兵團陷入共軍預布之口袋內，被壓迫在以雙堆集為中心縱橫不到十公里之狹小地區內。十一月二十六日，兵團司令黃維決心以四個師併列向東南方向突圍，二十七日拂曉開始行動，不料擔任突擊師之一一〇師師長，於二十七日拂曉前，不等攻擊發起，便投共而去，此一叛變，等於宣告黃維司令突圍失敗，共軍合圍之勢更加堅固。

十一月二十八日，南京軍事會議決定放棄徐州，由徐州剿總副總司令杜聿明率領第二、第十三、第十六等三個兵團西撤，轉往雙堆集；總司令劉峙撤至蚌阜，督導第六、八兵團北進，共解第十二兵團之圍。但迄至十二月六日爲止。杜聿明被困於陳官莊地區，劉峙亦被阻於高皇集以南，此際第十二兵團所需之糧彈全賴空投，處境至爲艱苦。自十二月六日起，共軍每天均發動猛烈攻擊，第十二兵團防區日益縮小，激戰至十五日，官兵傷亡殆盡，黃維司令決心當夜突圍，然而共軍圍堵重重，衝不出去，混戰至深夜，黃維司令以下高級將領十多人均於突圍途中，先後爲共軍所執，能脫險而出者，僅副司令胡璉等以下官兵不足萬人，其餘約十一萬官兵，盡皆覆沒，徐蚌會戰第二階段雙堆集之戰就此結束。

再來，我就不忍心多加詳述杜聿明所率領的三個兵團總撤退時如何被共軍圍困於陳官莊地區，在一個多月惡劣天候下，食物燃料如何缺乏，空投物資如何時斷時續終至全斷，二十萬官兵，怎樣飢寒交迫，苦不堪言的情狀，甚至後來被共軍全數殲滅的過程。——讓我們喘口氣，回到雙堆集戰場上得以倖免於難的胡璉將軍身上，不久後他會收拾殘兵賸將，南渡長江，退到江西省來，準備重整旗鼓、東山再起。

一九四九年三、四月，胡璉就在江西省大舉徵兵，以補足十二兵團的缺額，胡璉研擬的徵兵法是「一甲一兵，一縣一團，三縣成師，九縣爲軍。每甲十二戶，共推一丁入伍，兩年期滿，再推一丁以代舊丁。在此兩年中，未出丁之十一戶共助入伍之丁的家屬。」目標是一縣補充一個團兵力，一鄉補充一個連。兵團中素有王牌鐵軍師的第十八軍（即前述全副美軍裝備者）一一八師三五三團被分配到黎川徵丁。三五三團原有四個營共計一千三百多官兵，敗退到黎川只剩一個營三百餘人，團長楊書田直接向縣政府要了一千名壯丁名額以補足兵力，並立即展開一甲一兵的徵召工作，凡屆齡者一律應召，團部就設在我們老家楓山巷裡的鄧家新屋，四處派出軍士官兵偕同各鄉鎮徵兵，有逃徵者格殺勿論，爲了殺雞儆猴，先是槍殺了一個不肯合作的保甲長，接著又槍斃一名抗徵者，此外還槍斃兩個化緣的和尚，說他們是：「化裝逃跑的壯丁」、「共匪的間諜」云云。雷厲風行一陣子之後，徵兵工作變得異常順利，據鄉叔李隆昌在《江西黎川同鄉會會志暨通訊錄》序提到：「計徵入營者一千四百三十八人，其中有志願入營者，以東都、熊河兩鄉爲多。」數量遠遠超過一千人的目標。

三五三團楊書田團長當時曾點名才叔張炳炎應徵，並許諾上尉軍銜，任團政治處長職，之所以如此，乃因才叔當時受過南城縣專員公署的培訓，成爲公署長官湯專員的得意門生，黎川縣長潘明光知道這層關係也順水推舟提攜才叔爲戶政室主任，成了縣府八大要員之一，當時才叔才二十歲，是要員中最年輕的一個。楊書田團長要才叔去應徵，主要是想藉才叔縣科長級的身分作爲廣告，讓徵兵工作更具號召力，再者軍隊徵的都是黎川子弟，有縣府官員坐鎮，以後較易於領導指揮。但當時規定科長以上可以免徵，所以才叔拒絕了。才叔之所以拒絕，還有另一層意思，因爲他和二伯汪震已經秘密參加革命組織，準備起義以迎接解放軍渡江後的到來。

才叔拒徵後，老問題又重新浮現，五兄弟只剩父親和屆齡的貴叔必須出丁，這回父親沒敢打瓜精，因爲他一跑，責任就落到貴叔身上。當時貴叔新婚，婚後不久就和妻子分別，怎麼說都說不過去，加上祖母又特別寵愛貴叔，是大家都知道的事情。但彼此都是兒子，誰也不好明說，奶媽的兒子就私下對父親說：「要嘛你和貴俚抽籤，誰倒楣抽中了誰就去當兵；要嘛你自己報名應徵，省得抽籤不抽籤的。」父親最後選擇了後者，因爲他不想兄弟反目，更不想因此而惹惱母親。父親決定後，祖母突然對父親異常關心，先是噓寒問暖、增添衣物、燉煮進補，後來甚至四處給父親尋親，終於在入伍前與南津街排柵巷口染坊劉才英訂婚，約定返鄉後完親。

父親應徵的壯丁費是一百二十光洋（銀元），安家費六十銀元，加上父親多年做木工積存的一百五十多銀元，共三百三十多銀元，悉數交給了祖母。祖母向父親保證，他的未婚妻先由貴叔眷養，回家後完親，結婚一切用度全由家裡支付。燕嬸知道父親把錢都交給了祖母，擔心他在軍隊裡沒錢會吃苦受累，更擔心日後若中途返家會缺盤纏，特地把自己積存的幾塊銀元取出包好，在父親入伍當天戴著紅花經過家門時塞給了他，說：「根俚，留作盤錢！」還使了個臉色，意思是叫他有機會就溜走。大堂哥回憶這段往事時，感嘆地說：「不知道根叔理會她的意思否？」父親理會不理會燕嬸的意思都不重要了，重要的是，這一別，父親便了無音訊，家鄉裡的親朋好友再也無法知道父親以後還會發生什麼事情。

一九四九年，從軍這一年，父親二十八歲了。

三五三團下轄一營、二營、三營，及直屬部隊，父親被編入直屬部隊，任二等兵，據鄉叔李隆昌《江西黎川同鄉會會志》序記載：「這些入營青年，有十幾、二十幾歲的青年，有老師、有公務人員、有商人，而以農村青年占多數，年齡最大者亦不過三十幾歲左右，可說是當時黎川縣之精英。」接著又寫：「三十八年五月十八日，我們離別了生長的美麗故鄉，從宏村進入南豐、廣昌、瑞金、長汀、上杭、饒平、梅縣、大埔、潮州、於中秋節前夕抵達汕頭。」從這段記載看來，可知不到半年時間，十二兵團不斷南撤，撤到汕頭後便搭船離開了江南陸地，航向一個陌生的小島。十二兵團之所以不斷南撤，其實是因爲共軍主力已經渡過長江，勢如破竹，所向披靡，新募的十二兵團根本沒有抵擋的能力。

讓我們把時間稍稍往前推幾個月，一九四八年十一月二十九日，共軍以一百萬兵力發起平津戰役，隔年一月十四日殲滅國民黨守軍，順利取下天津，三十一日華北剿匪總司令傅作義與共軍簽訂和平解決北平問題協議，共軍和平解放北平，一個月之間共軍又打贏了平津會戰。至此，長江以北已全數落入共軍手中。總計國共三次大決戰，共軍共殲滅了國軍二百三十一萬人，國軍主力基本上已被消滅殆盡，共軍要攻取長江以南的區域猶如探囊取物，只在早晚之間而已。但在稍早之前，蔣介石卻因迫於情勢已經宣布引退，回到浙江奉化溪口老家休養生息去了。

一九四九年三月五日，中共在西柏坡召開第七屆中央委員會第二次會議，會中決議「人民解放軍應爭取解放長江以南的華中、華南各省，及西北地區。完成渡江後，有步驟地穩健地向南方進軍。」二中全會後，中共中央軍委將西北、中原、華東、東北野戰軍的番號改為第一、第二、第三、第四野戰軍，其中二野由劉伯承任司令員、鄧小平任政委，三野由陳毅任司令員兼政委。此時共軍總兵力已達四百萬人。四月一日，毛澤東批准了由鄧小平親自起草的「京滬杭戰役實施綱要」，綱要主要指出敵我兵力內容和具體作戰方針。鄧小平估算當時國軍只剩四十四萬人防守長江沿岸，共軍卻有一百萬人，兵力上有絕對的優勢，因此決定渡江後二野、三野要一分為三，採多路突擊戰法，先行割裂敵人、切斷敵軍退路，再行戰略包圍，然後各個擊滅。

很快地，國軍部署在長江沿岸由湯恩伯扼守上海一帶、白崇禧扼守武漢一帶的防線，被共軍一舉突破；四月二十三日，很快地，共軍攻占了南京；五月二十七日，很快地，又殲滅了湯恩伯固守的十五萬人，解放上海；又很快地，二野一路打下武漢、貴州、重慶、四川、西藏；三野一路打下江西、浙江、福建、廣東。一切如此快速，迅雷不及掩耳。

就在如此迅速的追擊腳步中，十二兵團不斷南撤。而父親就在這個時代不得已的匆促腳步中，日夜行軍，倉皇往南，離開家鄉漸行漸遠、漸行漸遠。

先前，十二兵團在江西補足兵力，但武器配備卻嚴重不足，一個班只分得一支槍，而補足的新兵一邊南撤還得一邊抽空訓練，據鄉叔程秀起回憶，當時每個新兵只配到一個炒米袋、一雙膠鞋，兩套軍服，每天只能吃兩餐，要行軍六、七十里，大夥兒肚子沒有不餓的，腳板沒有不打水泡的。每天餐風宿露，日曬雨淋，衣服濕了又乾，乾了又濕，一邊走，還一邊打瞌睡。有時沒菜可吃，就用鹽水泡飯吃哩。

雖然武器不足、訓練不夠，三五三團倒還打贏不少小戰役，其中在福建長汀城殲滅叛變專員李漢沖的保安團，就是一場乾淨俐落的好仗，據胡璉將軍日後回憶：「一一八師團殲長汀之時……，其概要經過爲：原駐荷田之一一八師楊書田團（案即三五三團），初經長汀東進荷田時，叛變專員李漢沖，早已遁入山中，及見楊團盡屬新兵（胡璉原註：皆籍屬黎川），乃陰謀消滅該團。我計畫策定後，楊團長亦不斷佯言：『兵弱械寡，唯恐被李呑沒，擬即西返瑞金。』行動之後，李尾啣之。楊自東門入長汀城，李樹蘭師長（案一一八師師長，下轄三五三團）早伏城叢中，乃張兩翼，分向南北包圍。李隨楊入城，民以鞭砲迎之，初未料及楊由西門回擊，叛眾東逸，又爲李樹蘭之兩翼合抱，三千餘人，乃盡就殲。李師得此人槍，氣勢益壯。」可見黎川人在這場戰役中的表現，讓十二兵團司令胡璉將軍印象深刻，當然，我的父親肯定也在其中。又據《江西黎川同鄉會會志》記載：「（長汀一役後）我們繼續推進上杭，突擊白沙、掃蕩歧頂、深入古田（案，以上爲福建省）、夜襲沙羅塘、活捕政委陳平忠於梅縣龍頸凹，截擊餘良坑（案，以上爲廣東省）……」三五三團就在閩粵贛三省交界處的山路上行軍、訓練、作戰、撤退，而我的父親或許就在這樣的洗禮之下，很快地，從一個木匠師父脫胎換骨變成一名戰士吧。

三五三團於中秋節前夕抵達汕頭，吃到了幾個月吃不到的雞鴨魚肉，拿到了胡璉將軍千辛萬苦從昆明兵工廠運回的新造武器，度過了一個輕鬆的節慶，只是誰也沒料到——蔣介石已於一九四九年七月一日渡海來台並在草山（今陽明山）設置總裁辦公室，復行視事，之後曾在高雄召見胡璉，告訴他：「（十二兵團）應肅清閩粵叛變團隊，打通後方補給地之潮汕，並準備保衛台灣。」——並且共軍三野已經攻陷廣州，汕頭岌岌可危，所以兵團在碼頭花了兩天兩夜徵調商船，三五三團抵達的隔天，也就是中秋節當天，全體官兵便奉命由汕頭登船，航向未知的旅程。

十二兵團一分為兩個船團，奉命陸續前往舟山群島增援。胡璉先行回到台北，面見陳誠，陳誠命令他以兵團司令官及福建省主席名義率領所部十八軍、十九軍接任金門防務。於是胡璉急電正在海峽行進的第二船團（十八、十九軍）轉赴金門，而第一船團仍駛往舟山群島增援。據《江西黎川同鄉會會志》記載：「十月十日，我們登陸金門……，在陽宅小村莊駐了幾天，接著全團進駐金西的頂堡，任務是歸二〇一師指揮，擔任該師的機動部隊；（案，三五三團）第一營是從安岐至古寧頭的出擊，二營是觀音山亭山的機動。全團駐定後，即反覆實施任務演習。十月二十四日，各營均進入演習。我們第二營因步戰協同未盡理想，重新推演一次，直到夜幕低垂回到營地。半夜，突然砲聲巨響……。」十月二十五日黃昏，胡璉搭乘運補軍品的民裕輪抵達金門時，另一場重要的戰爭早就開打了。

一九四九年四月二十日，中共攻下滬、寧、杭之後，第三野戰軍司令部把經營福建的任務交給了第十兵團（司令員葉飛、政委韋國清）。第十兵團下轄三個軍：二十八軍、二十九軍和三十一軍。到了七月，第十兵團由浙江出動，先後攻下福州、泉州、漳州，十月時又攻下廈門。占領廈門後，葉飛認為金門島上的國軍不過就是兩萬多殘兵敗將，且沒有永久工事，加上金門古寧頭海岸全是沙質硬地，利於大軍登陸，覺得攻下金門易如反掌，遂將攻擊金門的任務交給了二十八軍，由二十八軍副軍長蕭鋒全權指揮。

十月二十四日晚上，蕭鋒指揮二十八軍兩個團，外加一個營及二十九軍一個團，共八千人，分乘三百艘帆船，啓航攻擊金門。二十五日凌晨二時，各船陸續在壠口、古寧頭一線登陸，以三個團分兩路衝鋒，只留下一個營控制古寧頭灘頭陣地。但由於事先未計算海潮時間，所有船隻皆因海水退潮而擱淺於灘頭，無法回去再運第二梯隊。登陸的共軍一路向大金門南方之主要港口料羅灣打來。

共軍除未計算潮汐之外，也沒料到胡璉十二兵團主力十八軍、十九軍早已從廣東潮汕一帶陸續進駐金門。此時共軍已脫離灘頭陣地一段距離，胡璉抵達金門後見機不可失，立刻接手指揮權下令反攻，包圍了正在前進的共軍，又派奇兵迂迴古寧頭灘頭，擊潰留守的共軍，並在海空軍的配合下，將共軍擱淺船隻全部擊毀。據胡璉日後〈泛述古寧頭之戰〉一文回憶：「（二十五）日作戰情形……，高軍長（案，十八軍軍長高魁元）決心正確，處置敏捷，立令預備隊師長李樹蘭（案，一一八師師長），率該師及配屬戰車營，迎頭衝擊。該師屢當大敵，每戰必捷，趁匪下船之頃，建制混亂，選鋒衝入，當時虜俘頗多。」一一八師三五三團被視爲主力選爲前鋒，首先與共軍遭遇，據鄉叔鄭六俚說：「你父親當時是搜索排，那是前鋒中的前鋒！」

十月二十五日，登陸共軍苦戰竟日，傷亡慘重，船隻被毀，後退無路。至二十七日中午，葉飛、蕭鋒等與島上共軍失去聯繫。二十八日共軍抵抗全部結束。先後兩批登陸的九千餘名共軍，陣亡一半，另一半四、五千人全部被俘。國軍大獲全勝，共軍登陸部隊全軍覆沒，這是國共內戰以來共軍在三年內戰中最大的一次失敗。蔣經國在十月二十六日代表蔣介石至金門前線慰問官兵，看見遍地血肉糢糊的屍體，一方面感動於國軍英勇作戰的精神，一方面仍無法遮掩打勝仗的欣喜之情，他在當天日記記下：「金門登陸匪軍之殲滅，爲年來之第一次大勝利，此眞轉敗爲勝，反攻復國之轉捩點。」

胡璉日後在〈泛述古寧頭之戰〉一文檢討此役成敗關鍵，特別提到「軍貴選鋒」：「古寧頭之戰，我以英勇幹練、屢立殊勳之高魁元軍長，率其一一八師，首先投入敵陣，更以素與之協同作戰的戰車營爲之前導，故能所向無敵，迅奏膚功。一則一一八師向有威名屢使匪共喪膽，該師之三五二團曾被命名爲英雄團，三五三團亦曾被選爲威武團，三五四團則以青年團著稱。」由此知道，父親正是威武團員之一。

共軍攻打金門失利後，二十八軍副軍長蕭鋒失聲痛哭地來到兵團葉飛司令員的辦公室，葉飛斥道：「哭什麼，哭解決不了問題。」並一肩負起敗戰責任，葉飛在事後向陳毅起草電報，報請中央處分，毛澤東最後裁示：「金門失利，不是處分的問題，而是要接受教訓的問題。」、「以三個團去打敵人三個軍，後援不繼，全部被敵殲滅，這是解放戰爭三年多以來第一次不應有的損失。」中央軍委同時命令葉飛總結經驗，接受教訓，準備再次攻金。

毛澤東話雖如此，但古寧頭一役卻讓共軍意識到渡海作戰之不易，「解放台灣」的計畫似乎更需要從長計議、多加準備。只是才過了半年多，也就是一九五〇年六月二十五日，韓戰爆發了，美國介入朝鮮戰局，共軍主力在毛澤東的指示下轉而投入「抗美援朝」行列。共軍對金馬台澎的興趣暫時冷卻下來，至此，台海局勢基本就算是穩定下來了。

此後，雖然大家仍是日日警戒備戰，時時抱著反攻大陸、重返鄉里的堅定信念，也在感覺戰爭隨時都會重新爆發的空氣裡小心翼翼地呼吸，在異鄉生活條件極差的環境下出操、流汗、演習、挨餓、實彈射擊、流血、模擬對抗，然後不斷的移防，據鄉叔危勝輝回憶，三五三團於古寧頭戰後移防回高雄，然後又移防至宜蘭受訓，此後數十年就在台、金、馬各地輾轉遷移，即使像一九五八年，三五三團又回到金門，正巧又遇上了八二三砲戰，戰爭似乎又重新造臨，大家又緊繃了神經，但後來發現從對岸飛來的只有彌天漫地的火砲，令大家緊張的共軍卻沒有趁砲火掩護大舉登陸，砲彈像暴雨一般落在金門每一寸土地上，轟隆作響，驚天動地，三五三團就在防禦工事裡度過了一顆又一顆的轟炸時光。

戰爭隨著砲聲漸次減少，終至消歇而漸行漸遠了。

然後，三五三團有人考上軍官、有人進了士官班、有人調職、有人離職，慢慢地，同鄉人開始離散，調往各處單位，搬離原先部隊。要不了多久，蔣介石又選上第三任、第四任、第五任總統，蔣經國官越做越大，接班的態勢已然完成，只是突然間大家的年輕時光好像倏忽消逝無影無蹤了。三五三團開始有人退休，一個接一個，最後全部散光了。我的父親離開時不算早也不算晚，就在民國六十二年，這一年他已經五十二歲了，他當兵時間和離家的時間一樣，足足二十四年了——二十四年，讓一個年輕人成了老先生了。

父親還不能預先知曉，往後即將到來的日子還有數不盡的辛酸、苦累、悲傷和痛苦正好整以暇等著他。也不知是幸還是不幸，父親在退役前結了婚，生下四個小孩，即使他內心恐怕還惦記著黎川、想念著家鄉上的親人，但現在他有了自己的家庭、自己的小孩，他必須很快壓抑住這種思念，並且刻意忘記自己已經不少歲數，必須在極短時間回想起舊手藝，並疾速熟練精巧，然後他便孔武有力地舉起板模，在鷹架間身手俐落地跨站騰移，搭建一棟又一棟的房子。此後，要不了多久，他很快就會忘記自己曾是威武團搜索排一個英勇的戰士——在現實中，他只不過是一個不得不低頭於柴米油鹽而賣力工作的板模師父。

我看著地圖，仔細端詳父親從故鄉一路逃離大陸來到台灣最後落腳雲林的路徑，想像有一場又一場的戰爭，無情的砲彈在父親身邊呼嘯而過，負傷的同鄉一個個在腳邊倒下，他或許幸運地躲避過了戰場上一顆又一顆無情的子彈、地雷和砲火，但終其一生他逃得過身心俱疲的煎熬、夜以繼日的恐懼嗎？他逃得過一生對故鄉、對親人魂牽夢縈的思念嗎？他眞的能嗎？這一條流離之路，讓父親學會了沉默，因爲這條路太長、太苦、太多思念，以至於日後他即使想要告訴我，也不知道該從何說起？就算說了，他能說得清心酸血淚的全貌嗎？能說得盡想念的深刻嗎？

恐怕不能，所以父親才變得那樣沉默吧。

也因爲這樣的沉默，迫使我不得不用學院習得的考據方法，逐一回顧歷史，藉由翻閱一本又一本的戰史、回憶錄，企圖從中尋覓一點點關於父親曾經存在過的蛛絲馬跡。但父親作爲一個小兵實在太過渺小了，小到連個人是存是亡都影響不了大局，他只是像螻蟻般留存在指揮系統的印象中，因此他絕不可能出現在大將軍的回憶錄或者戰史的任何情節，他頂多只能和三五三團的名稱被零星記載在戰史上略略帶過的一、兩句話，而每回當我在書中看見三五三團的字眼時，都會不由自主地猛然一驚，那感覺就像發現父親——是啊，三五三團是我的父親，我的父親是三五三團。

鄉叔李隆昌在電話接受我採訪時說了一段話，讓我十分驚訝，他說：「台灣之所以能有今天，那是因爲古寧頭打勝了仗；古寧頭能打勝仗，是因爲胡璉的十二兵團；十二兵團能打勝仗，那是靠我們江西人打贏的。所以，沒有我們江西人就沒有台灣。」聽李叔這樣說，我一時情緒複雜，一方面擔心李叔自吹自擂，眞實性未必可靠；一方面又害怕就算是眞的，這種話在現在社會一講出來肯定遭人肆意抹黑、攻擊、批駁。一直到我從胡璉的回憶錄上看到一節名爲〈正氣在江西〉的段落，才眞相信了李叔的論點，那段內容就特別指出江西人在古寧頭的功績和對台灣的貢獻。若這些話可信，那麼，我的父親就不光是我們全家的守護者，他還更是這個國家的守護者。

但我的父親是那樣的沉默，絕不吹噓自己的功績，難道是因爲他了解到勝利只是犧牲更多人的家破人亡嗎？還是他領悟到了沒有什麼東西是永恆變動不居，人只不過是世間的過客罷了？還是他根本什麼都沒有領悟，只像蓬草一般不得已的隨風東飄西蕩？這些疑問我無能考證，全都隨父親故去而消失了。只是冥冥之間，我彷彿感覺得到父親一直伸出雙手，全心全意地護著我們全家，那雙手也曾經全心全意地保護過一整個搖搖欲墜的國家。

也因此，他的確偉大，即使他名不見經傳，即使他永遠只是一個小人物，卻都無法抹殺他曾經偉大的事實。

最後的叮嚀

爸，看到沒，那棟灰色大樓的右邊一點點，黃色那一棟，我剛買的新房子就在那一棟，我和媽媽現在都住在那兒，有空記得回來看看。

爸，休息了，以後不會再流汗了！

爸！以後要自己洗澡了喔！

下輩子再講給我聽，我不要聽你講言情《水滸》了，要講就講俠義《水滸》，好不好？

爸！

爸，你原先作滿筆記的藥書，我留下來當傳家之寶了，我給你另買了一本新的，你以後重讀這本書之前，一定要先看另外三本西醫保護腎臟的書。這樣，下輩子我再給你跑腿，肯定會忠心耿耿，不敢造次。爸，記好了，先看保護腎臟的書，再看藥書喔！記好了喔！記好了喔！

附錄

墓誌銘

先嚴張氏，諱名炳榮。皇祖考諱少東，皇祖妣諱萬氏，籍江西黎川。

先嚴行三，有同父異母兄一，異父同母兄一，幼弟二。

民國三十八年，先嚴隻身投國民黨軍，別江西，過福建，入廣東，跨金門，捷古寧頭之役，移防台、金、馬諸地，東西漂萍，隨軍轉蓬。至六十二年退役，從戎二十四載，官至上士排副。

五十四年，始與家母結褵，已踰不惑，有二兒二女，六十二年么子生，已越天命之年，後余及冠，先嚴喜而嘆曰：「常恐不及見汝長成，今得見，天之我眷也！」

結褵初，先嚴居軍營，妻子猶寄丈人家。既退役，復操版築，南北奔波，無暇敘天倫，恆畏居籬下，急求一戶之蔽，遮雨避風。胼胝八年，終得一樓，轉蓬略定，遊子有依。

長兄與余嘗從先嚴履工地，舉千鈞板，余幼不能勝，長兄隨負上下，頗得意，語來日可當之，先嚴戒之：「吾幼未讀書，當有此苦，汝當用功，豈可同轍此苦哉？」兄乃止。後，余讀國中，家父已踰耳順，仍日出夜歸，版築謀生，然體衰力減，常不逮，故高樓失足、歸途車禍者數，頻入醫院，驚聞往見則皮開肉綻，傷痕遍體，時長兄二姊俱在外工讀，唯家母與余二人，手足無措，徒聽先嚴咬牙，謂：「小傷，未當死！」其後數日，復操版謀生。自是，每至傍晚，天黑燈亮，猶不見歸，輒心驚肉跳，恐有事云。一日余膽而說之：「不復此矣！」先嚴斥云：「不作，汝何食？」余退而大悲，恨幼無能分勞也。

初，先嚴同鄉友充門防守衛，先嚴語余：「豈不類門犬？」後體力果不堪，遂轉任守衛數年，邇在褒忠，遐至湖口，隻身與工廠伴孤影、度黑夜。余爲人子，雖不復聞言此，然其間酸苦，余豈漠然無知耶？

其後政局解嚴，輾轉得江西二弟信，七十八年返鄉，回台即匯錢去信，以重修合葬皇考妣之塋。余憶幼時，每逢佳節，先嚴則備紙錢，攜余赴鄉郊道旁，朝西祭拜，紙錢三堆，上各有信，書曰「敬台灣社神轉江西社神」、「敬江西社神轉張少東、萬氏」、「江西先父母張少東、萬氏收，不孝兒張炳榮拜」，其時紙灰飛揚，火光四照，唯見先嚴肅肅貌。

先嚴幼學僅二稔，入伍後自讀水滸三國，復自學漢醫，家中有藥典二巨冊，朱墨爛然，韋編欲絕，先嚴自學之勤也。每有微恙，即聞切自療，余幼屢出入藥鋪，取藥劑、採丹丸，皆先嚴親撰藥方也。先嚴與家母結褵，家母僅通閩語，不諳國語，然先嚴自余曉事即熟操閩語，同鄉友朋嫻熟閩語若先嚴者，當絕無僅有。

八十八年，余自金門退役，越一歲，先嚴與家母始北遷同住。因洗腎故，體力益衰，漸不良於行，唯意志仍堅。初至，屢思南返，旦夕牽戀舊宅，期間屢獨意往返，後果不堪行，遂未復返也。九十年，長兄生子，先嚴得長孫，喜形於色，坐輪椅至醫院見孫，曰：「他日必攜長孫赴江西見親友也。」言猶在耳，願竟已絕。

九十年底，洗腎之人工血管滯塞，開刀疏之，不果；復覓左臂上肱，置一新管，醫者謂功成也，不之憂也。詎知，股下新接之臨時管插，引發感染，初無異狀，唯漸嗜睡，入食極少，時長兄與余假日輪代照料，談笑舊事，一如往昔。九十一年一月四日申時，突生巨變，腦幹出血、肺血管栓塞，旋即惡化，不幾即溘然辭世矣。余在側，撫先嚴顏，如往常之景，頓時淚下如雨，而不敢嚎啕，恐驚好夢，唯在耳畔喃喃：「此去安心，願無掛念！」出則痛哭失聲，悲不可遏。

先嚴嘗告家人，身分證載生民國十五年，乃從軍時虛報歲數之故，實民國十年生，以此得之，先嚴享壽八十又一歲矣。先嚴有子女四人，孫一人，外孫七人，庶幾繼張祖遺緒爾。遺體將於一月十五日入土爲安，窆於內湖五指山國軍示範公墓。銘曰：

先嚴一生，勞苦泰半，孑然獨身來台，舉目無親；子孫環旁往逝，闔目有慰。漂泊無定，親情有棲，既忠既孝，載勤載儉，是所固安，宜其永休。

墓誌銘

後記
貴人與我

父親有一回很認真地同我說：「孔老夫子說得好：『萬物皆備於我。』萬物為什麼會皆備於我，那是因為心存感激，你能珍惜別人施予在你身上的各種恩惠，知恩圖報，萬物才會不離不棄，自然就皆備於你。」這段話我後來讀了《四書》知道並不是孔子所說，而是孟子的話，而且孟子的本意也不像父親所詮釋那樣。但這都不重要，重要的是父親他老人家，期許我能懂得珍惜別人施加的恩惠。

如此說來，父親正是我生命中第一個貴人。

他生我、養我、育我、愛我，更提供我作為一個人該有的樣型、該有的想望、該有的標準，然後對此叨叨絮絮再三叮嚀，始終不變。後來我果然也多少符合他期望中的樣子，努力戒除驕傲、做事敬慎盡心、懂得感激他人，只是他老人家已然先走一步，來不及看不到他極力栽培的小兒子改變了這許多。

隨著時間推移，我漸漸發現自己身上竟留存父親許多影子，無論是舉手投足，還是言行處世、待人接物竟都籠罩在父親的身影當中。也因此，在許多不經意的時刻，我竟從自己身上望見了父親，再一次與父親意外重逢，我有時會問他：「爸，這個樣子還可以嗎？」

這個樣子還可以嗎？爸。

每當這些重逢時刻，我總會憶起父親過往對我的鞭罰、責備、告誡與期許。一直以來，他始終期盼我能成為一個有用的人，起碼要像我爺爺，再不濟也要像大陸上的叔伯，絕不能像他一樣，半生勞苦、一事無成。但在我心中，遙不可及的爺奶叔伯只是個抽象名詞，我耳濡目染的，是日夜相處的父親，他或許有時不通情理、有時過於嚴苛、有時又專制獨裁，有時又熱愛嘮叨，但更多時候，他流露出許多驚人的美德，他堅強、他勇敢、他充滿智慧、他擇善固執、他勤儉、他孝順、他刻苦耐勞、他待人良善……，在他身上，早就自成圓足模範，我根本無須外求。

也因此，我試著描繪他的樣子，勾勒一些深深印在我腦海裡的畫面、事件，和聲音，甚至更深入去推敲父親那些言行舉止背後的深意。但隨著父親故去的時間越長，我印象中的許多情節開始出現錯落、剝蝕、模糊的情形，我甚至懷疑，我描繪的父親真的是現實中的父親嗎？抑或只是我幻想出來的樣子？如果我把這些文章燒寄給父親，他會認同這樣的他嗎？

不過這不打緊，他也不愛聽他自己的事兒，他比較喜歡聽我說些哪些人曾幫助過我，這表示他的兒子還有點兒人緣，值得人家願意拔刀相助。

父親還活著的時候，我當時讀師大三年級，因緣際會通過申請得以進入祐生研究基金會，基金會的董事長林俊興先生是個了不起的人，他是我見過第一個默默為台灣做許多偉大研究和事業卻完全不求聲名的人，也是我見過最富有卻最謙虛的人。我在基金會裡結交到各行各業的好朋友，也在基金會全額資助下考察過中南美洲、北歐、非洲、東南亞等國（預計九年考察完全世界主要國家），更在基金會舉辦的讀書會遍讀群書，之所以如此，乃因林先生希望我們擁有知識之外，還要有見識、有膽識。我向父親誇林先生怎麼了不起時，他很滿意地點頭——父親這樣的點頭意味著「挺好」的意思。

後來我從金門當兵回來，又回到台北市信義國中教書，當時研究所雖然已經考上，卻因為大學讀書時領公費的關係必須要義務服務兩年（含當兵就變成四年），已經保留學籍三年，還不能去念。回到國中後，總覺得整天管這群小毛頭生活瑣事也不是辦法，便跑去投考中山女高。當時聽人家說，明星女校不太收年輕男老師，況且我教學年資只有一年半、又沒碩士學歷，錄取的機率微乎其微。沒想到考完之後，竟意外錄取，我趕緊騎摩托車回家同父親報告，在門口我就大跳大叫：「考上了！考上了！」進門後就見父親在沙發上猛點頭，從因帕金森氏症而僵直的臉努力露出笑容，等我冷靜之後，才跟我說：「到那兒教書啊，還是要做到孔老夫子說的愛心、恆心、耐心……」

後來進到中山後，才聽說當初在二選一的抉擇過程，有人認為我太年輕了，再磨練個兩三年以後再錄取好了，但校長卻獨排眾議，認為我潛力無窮，可以栽培，最後決定選我，我才能勝出。也因此，我對丁亞雯校長存有一種報恩心態，第一年就攬了許多事來做，創辦中山學報、文學風景、國文科網頁，指導詩社、加入數位教學小組，做得有聲有色，頻頻獲獎，沒讓丁校長蒙上選錯人的污名。我後來發現，丁校長是我見過最有教育遠見的校長，她熱情十足、意志堅定、積極認真，處事明快。她待我如同自家小孩，完全沒有架子，我在她面前也很自在，有話直說，從不拐彎抹角。我同父親說起丁校長怎麼讚的時候，他也露出滿意的表情。

在金門當兵時，陰錯陽差搞到自己瀕臨精神崩潰，留下的後遺症就是再也不敢寫一個字，隨身必得攜帶鎮靜劑。後來父親過世之後，我對他的想念與日俱增，我好怕他就此完全消失，我艱難地重提起筆，寫寫停停，停停寫寫，一個字又一個字刻畫父親的身影。我把這些寫成的作品連同生病前的一些詩文，全拿給楊昌年老師看，他看完之後，緊緊握著我的手，說：「相信我，你可以再寫的！」我到現在都還忘不了老師手裡暖暖的溫度，透過手心直接烘暖心房。於是我決定放手一搏，勇敢寫下去。我在父親的墳前同父親說：「爸，老師給了我很大力量，我一定努力把你寫出來，絕不讓你消失！」

後來在網路上意外發現說書人張大春的專屬網站，那裡集結一群文藝網友，寫詩、小說、散文、評論樣樣都來，程度極佳，我經常連插嘴都插不上，後來為繳交楊老師規定的小說作業，就化名「大春門下犬馬」（因為太崇拜張大春了）把小說邊寫邊貼在網路上。其後，一名網友結婚，張大春也出席了，他遇到我就說：「輝誠，你那篇小說寫得很好！」我趕緊跟他解釋其實我不太能寫，他問為什麼，我便一五一十把生病前因後果都說了出來，他很認真地聽著我的事，然後安慰我：「沒關係，這種事慢慢來，你每天深呼吸試著，多少會有幫助！沒法兒寫的時候，就休息，不要勉強，留得青山在，不怕沒柴燒！」然後他又說了一段話，這段話讓我後來猶如小孩子被摸了頭，膽子益發大起來了，便把隨後寫成的作品拿去比賽、發表，竟意外獲得許多文學獎肯定，我打電話同大春老師報告，感謝他講那些話鼓勵我，大春老師納悶地問：「我講了哪些話？」「老師你對我說：『現下這些新冒出頭的小作家，哪一個不是我眼底看出來的！你啊，絕對沒有問題的。』」「有嗎？我吹牛的啦！這話我常講，你不要放在心上！」原來因為會錯意而產生的力量竟然如此巨大。我和父親談起這件事時，約莫歲末時節，五指山煙霧繚繞，若父親地下有知，不曉得會說些什麼哩。

再來的兩位貴人，一位是經由黃明理學長介紹而認識的龔鵬程老師，龔老師的作品我大體上都看過，他的學問之博大令我嘆為觀止、思考問題之細膩敏銳令人望塵莫及、文白辭采之斐然不遑古今名家多讓、見解之卓越又常令人心折。龔老師後來答應收我為學生，我有幸在他的學術活力之下，耕一塊小小的園地，與他無邊際的平曠田野勉強相互銜接。

另一位是因緣際會才得以拜入師門的毓老師，毓老師不喜歡別人談他，我也不好多說，但我第一次聽老師講經書的時候，整個人都震懾住了。毓老師今年九十八歲，依然每週三次說書，他中氣十足地講論經文、月旦人物、批陳時事，逢上慷慨處，霍得一聲響，覆掌擊案，頓切激昂，淋漓盡致。我極受感動，從毓老身上看到不只是學問而已，他根本就是活生生的中國文化，什麼「學而不厭、誨人不倦」、什麼「不知老之將至云耳」都不再只是空洞的話，他躬身實踐，用身體力行來演述經文，把經文活潑起來、振作起來、昂揚起來，展現出中國文化的雍容博大、泱泱大度和精妙幽微。我同父親說，要我形容毓老師的話，他老人家和父親常說的孔老夫子其實是同一等人物氣象。

我相信父親喜歡聽我講說這些貴人們的事情，他肯定在地下也會滿意點頭，覺得總算沒白教這小子，因為他生前同我說的孟子的話「萬物皆備於我」，後頭其實還藏有幾句話，原文是：「萬物皆備於我矣，反身而誠，樂莫大焉，強恕而行，求仁莫近焉。」裡頭就有我的名字以及他老人家對我深切的期許。

文學叢書 291

INK PUBLISHING

離別賦

作　　者	張輝誠
總 編 輯	初安民
責任編輯	洪玉盈
美術編輯	黃昶憲
校　　對	謝惠鈴　洪玉盈　張輝誠
發 行 人	張書銘
出　　版	INK印刻文學生活雜誌出版有限公司 新北市中和區建一路249號8樓 電話：02-22281626 傳真：02-22281598 e-mail:ink.book@msa.hinet.net
網　　址	舒讀網http://www.sudu.cc
法律顧問	漢廷法律事務所 劉大正律師
總 代 理	成陽出版股份有限公司 電話：03-2717085（代表號） 傳真：03-3556521
郵政劃撥	19000691　成陽出版股份有限公司
印　　刷	海王印刷事業股份有限公司
港澳總經銷	泛華發行代理有限公司
地　　址	香港筲箕灣東旺道3號星島新聞集團大廈3樓
電　　話	852-27982220
傳　　眞	852-27965471
網　　址	www.gccd.com.hk
出版日期	2011年 6 月　　初版 2014年 12 月 10 日　初版二刷
ISBN	978-986-6135-33-0

定價　220元

國家圖書館出版品預行編目資料

離別賦／張輝誠著 .--
初版．--新北市中和區：
INK印刻文學，2011.06
面；　公分. --（文學叢書；291）
ISBN 978-986-6135-33-0（平裝）

855　　100008379